동아시아 문예공화국

조선후기 통신사
필담창화집 연구총서 8

동아시아 문예공화국

다카하시 히로미(高橋博巳) 지음

조영심 옮김

보고사
BOGOSA

이 책에는 약 10년 사이에 집필한 짧은 글들을 집성했다. 계기는 2016년 6월 25일 ICU에서 개최한 한일 심포지엄 〈근대 한국과 일본의 조선사절단에 대한 시선〉에 허경진 선생의 일행과 함께 초대된 것이었다. 그때 옛 저서인『동아시아의 문예공화국 – 통신사·북학파·겐카도』의 번역을 권유받았고, 이 기회에 그 후 집필한 논문들을 보충해 내용을 향상시키고자 했다.『동아시아의 문예공화국』은 2007년 부산에서 열린 조선통신사학회 국제심포지엄에 초대되어, '이별의 아침'이라는 제목으로 통신사 일행과 오사카 겐카도 그룹의 교류를 이야기한 강연을 기초로 하고 있다. 이 책을 집필할 때에는 소재불명이었던 〈겸가아집도(兼葭雅集圖)〉는, 그 후 김문경 씨가 국립중앙박물관에 소장되어있는 것을 발견했고, 나도 실제로 살펴본 후에 소논문을 몇 편 더 집필하게 되었다.

그중 2장의 「전각이문(篆刻異聞)」은 5년 전 서울대학교에서 개최된 한국 18세기학회에 초대되었을 때 발표한 것이다. 3장에는 김정희를 중심으로 한 연구를 실었다. 김정희에게 관심이 생긴 것은 오래전의 일인데, 10년 전 한남대학교에 교환교수로 방문했을 때 비롯되었다고 할 수 있다. 당시 국제교류원의 인미동 씨와 남현용 씨에게 김정희 고택을 안내받았었는데, 이 또한 그리운 기억이다. 감격 끝에,

　　계림의 유자, 그리움 먹은, 사과이려나.
　　鷄林の儒子偲び食む林檎かな

라고 멋대로 하이쿠를 짓기도 했다. 3장에 수록된 논문은 국제일본문화연구센터의 가사야 가즈히코(笠谷和比古) 교수의 공동연구회에서 발표한 것이다. 마지막 장의 「문인 연구에서 문예공화국으로」는 니쇼가쿠샤(二松學舍) 대학에서 행해진 강연에 기초하고 있다. 마침 정년을 기다리며, 지나온 세월을 돌아보고 또한 노후의 여명을 바라보는 계기가 되었다.

　　인문학에 종사하는 이의 일에는, 세상의 중심이 아무리 변해도 선인의 지혜를 현재에 전해 새롭게 소생시키는 방도를 탐구하는 것이 포함되어 있지 않을까. 18세기의 문인이 남긴 것부터 겸허하게 배워가는 것 또한 현재와 같이 침착함을 잃은 사람들이 눈에 띄는 시대에는 필요할 것이다.

　　이러한 분야에 참여하게 된 것은 지금 생각해보면 꽤 오래전의 일이다. 2003년 UCLA에서 열린 국제 18세기학회의 라운드테이블을 한일 공동개최로 조직해, 한양대학교 정민 선생 일행과 함께 조선통신사 성대중과 이언진에 대해 발표했던 것이 그 시작이라고 할 수 있다. 그러나 그보다도 전에 미야세 류몬(宮瀬龍門)과 이언진의 교류에 주목한 것을 헤아려보자면 30년 전으로 거슬러 올라간다. (「소라이학파의 붕괴(徂徠學派の崩壊)」, 『근세문학과 한문학(近世文學と漢文學)』화한비교문학총서(和漢比較文學叢書) 7, 규코 서원(汲古書院), 1988). 그러나 그때는 한국 문헌에 접근할 방법을 주위 어디에서도 찾을 수 없었다. 이 무렵 한·일 양국의 18세기학회에 참여하게 되었고, 비슷한 시기 고베조가쿠인(神戶女學院) 대학의 하마시타 마사히로(濱下昌宏) 선생에게서 한일미학연구회 참여를 권유받았다. 또 언젠가는 세토나이카이(瀨戶內海)의 시모카마카리지마(下鎌苅島, 통신사선의 기항지)에서, 또 언젠가는 풍광이 맑고 아름다운 대구나 안동에서 권영필·민주식 교수 등 여러 교수들과의 교류를 통해서 많은 지식을 얻었다. 모두 다 감사한 일이었다. 한국 18세기학회의 모든 분들과는 교류를 시작한 것이 이미 15년을 넘어간다. 특히 정민·안대회 두 선생에게는 많은 문헌을 제공받았다.

이렇게 서울과 부산 사이를 몇 번이나 왕래하던 중에, 병산서원(屛山書院)이나 소쇄원의 매력에 눈을 떴다. 염원하던 소쇄원은 정민 선생이 안내해주었는데, 무등산 아래 장찬홍 화백의 아뜰리에에 머물렀을 때의 고요함이 충만한 공간도 잊기 어렵다. 경주의 불국사에서는 경내의 풍광은 물론이거니와 미요시 다쓰지(三好達治)가 지은 「겨울 날 - 경주 불국사 근처에서」의,

> 고요한 눈, 평화로운 마음, 그 밖에 어떤 보물이 세상에 있으리오.
> -『미요시 다쓰지 시집(三好達治詩集)』, 이와나미 문고(岩波文庫)

라는 한 구절이 마음에 와 닿았다. 그러한 '눈'과 '마음'을 가졌더라면 하는 생각을 하지 않을 수 없었다. 또한 안데르센의『내 인생의 동화』에는 다음과 같은 구절이 있다고 한다.

덴마크어로 이야기하지 않는 땅에서는 덴마크인이어라.
다시 덴마크에 돌아가는 날, 유럽인이 되어라.
                — 오하타 스에키치(大畑末吉) 역, 이와나미 문고

여행지에서 고향이 같은 시인에게 보낸 시라고 한다. 돌이켜보건
대 나는 몇 번이나 국외에 나가면서, 아시아인으로서 또는 세계 시민
으로서 귀국했었을까 하는 반성을 해본다. 이럴 때 참조하고자 하는
것은, 예를 들면 홍대용과 중국 항주(杭州)의 트리오 엄성·반정균·
육비의 교류이다. 이것은 물론 누구나 흉내 낼 수 있는 것은 아니다.
그러나 왕래조차 부자유스러웠던 18세기 동아시아에서 가능했던 것
이, 21세기 우리들에게 불가능하다고는 말하고 싶지는 않다.

다행히 최근에는 일본 이곳저곳에서 한국을 비롯한 아시아 여행객
의 모습을 볼 수 있게 되었다. 서울을 방문하면 18세기학회의 지인들
에게 손님맞이를 받을 뿐 아니라, 리움 미술관이나 간송 미술관에
기회가 되는대로 들렀고, 국립중앙박물관 구경도 빠트린 적이 없다.
인사동의 전통 찻집도 특히 밤의 분위기가 멋지다. 교보문고에서 문
구를 마련하는 경우도 이따금 있다. 정명훈이 지휘하는 서울 필하모
니의 연주를 듣는 것이 불가능했던 점이 아쉽지만, 이것은 CD로 즐기
는 것으로 해두자. 이처럼 한국에도 작은 문예공화국이 성립되어 있
는데, 졸저를 통해 더욱 그 범위가 넓어지기를 바라는 마음을 서문으
로 삼고자 한다.

마지막으로 번역의 계기를 마련해 주신 허경진 선생과 번역을 담당
해 준 조영심 씨에게 깊은 감사를 드린다. 듣자하니 조영심 씨는 모교

의 강사가 되었다고 한다. 이렇게 옛 책과 논문 몇 편이 한국어로
번역되어, 여러분들 앞에 선보이게 된 것은 뜻하지 못한 기쁨이다.
동시에 이러한 기회를 만들어 준 ICU의 고지마 야스노리(小島康敬)
교수와 연세대학교의 이효정 선생에게도 깊은 감사의 뜻을 표한다.
   또 번역을 허가해 준 일본판 출판사 편집부 분들과, 이밖에도 여러
모로 신세를 진 분들께 감사의 말을 전한다.

2018년 5월 29일
다카하시 히로미(高橋博巳)

はじめに

　ここにはこの十年ばかりのあいだに執筆した小文を集成した。きっかけは2016年6月25日にICUで開かれた、日韓シンポジウム「近代日韓における朝鮮使節団に対するまなざし」に許敬震先生らと招かれたことによる。そのとき、旧著の『東アジアの文芸共和国－通信使・北学派・蒹葭堂－』翻訳のお勧めをいただいたので、この機会にその後執筆した論文も補足して、ヴァージョン・アップを図った。旧著は2007年の朝鮮通信使学会国際シンポジウムに招かれて、釜山で「別れの朝」と題して通信使一行と大坂の蒹葭堂グループとの交流を中心に話した講演に端を発している。執筆時には所在不明だった《蒹葭雅集図》もその後、金文京氏が国立中央博物館に収まっているのを見つけられ、私も実見後に何篇かの小論を執筆した。

　「篆刻異聞」は、五年前にソウル大学校で開かれた韓国18世紀学会に招かれて発表したものである。金正喜への関心も古く、十年前、韓南大学校に交換教授で招かれたさい、国際交流院の印美東さんと南鉉龍氏に金正喜故宅に案内していただいたのも、懐かしい思い出である。感激のあまり、

　　　　鶏林の儒者偲び食む林檎かな

というような下手な俳句を作ったりもした。所収論文は、国際日本

文化研究センターの笠谷和比古教授の共同研究会で発表した。最後
の「文人研究から学芸の共和国へ」は、二松學舍大学で稲田篤信教授
の推輓によって行った講演に基づいている。ちょうど停年を控え
て、来し方を振り返り、かつまた老後の行く末をも見据えるきっか
けとなった。

　人文学に携わる者の務めには、世の中がいかに変わろうと、先人
の知恵を今に伝えて新しく活かす方途を探ることも含まれるのでは
あるまいか。十八世紀の文人が書き残したものから謙虚に学ぶこと
も、ことに現在のように浮き足立った人々が目立つ時代には必要で
あろう。

　こうした分野に参入することになったのも、いま思うに2003年に
UCLAで開かれた国際18世紀学会のラウンド・テーブルを日韓共催
で組織し、漢陽大学校の鄭珉氏らとともに、朝鮮通信使の成大中や
李彦瑱について発表したときに始まるが、その前史としては宮瀬竜門
と李彦瑱の交流に注目した三十年前に溯る（「徂徠学派の崩壊」、『近
世文学と漢文学』和漢比較文学叢書7、汲古書院、一九八八年）。そ
の頃はしかし、韓国の文献に接近する手立ては周囲のどこにも見つ
からなかった。その点で、日・韓の両18世紀学会とともに、前後し
て神戸女学院大学の濱下昌宏先生に日韓美学研究会にお誘いいただ
き、あるときは瀬戸内海の下鎌苅島（通信使船の寄港地）で、またあ
るときは風光明媚な大邱や安東で、權寧弼・閔周植両教授はじめ少
なからぬ研究者との交流を通じて多くの知見を得たのはありがたい
ことだった。韓国18世紀学会の皆様とは、もう十五年越しのお付き
合いである。ことに鄭珉・安大会両先生からは多くの文献の供与を

得た。

　ソウルや釜山のあいだを往来するうちに、屏山書院や瀟灑園の魅力にも開眼した。念願の瀟灑園には、鄭珉先生に案内していただき、そのさい無等山下の張贊洪画伯のアトリエに泊めていただいたときの静謐な気の充満した空間も忘れがたい。慶州の仏国寺では境内の風光もさることながら、三好達治が作った「冬の日―慶州仏国寺畔にて」に、

　　　　「静かな眼　平和な心　その外に何の宝が世にあらう」
　　　　　　　　　　　　　　　　（『三好達治詩集』岩波文庫）

という一節があるのに心打たれて、そういう「眼」と「心」が持てたならと思わないではいられなかった。またアンデルセンの『わが生涯の物語』には、旅先で同郷の先輩詩人に贈られた詩のなかに、

　　　デンマーク語の語られぬ地にてデンマーク人たれ。
　　　ふたたびデンマークにかえる日、ヨーロッパ人たれ。
　　　　　　　　　　　　　　　　（大畑末吉訳、岩波文庫）

の一節があったという。かえりみて私は何度も国外に出ながら、アジア人として、はたまた世界市民として帰国しただろうかという反省がある。こういうとき参照したいのは、たとえば洪大容と杭州トリオの厳誠・潘庭筠・陸飛らの交流であろう。これはむろん誰にでも真似ができることではない。しかしあの往来さえ不自由な十八世紀の東アジアでできたことが、二十一世紀の我々に不可能とは言い

たくない。

　さいわい近年では、日本中のあちこちで韓国はじめアジアからの旅行者を見かけるようになった。私もソウルにお邪魔すると、18世紀学会の知人に迎えられるばかりでなく、リウム美術館や澗松美術館に機会があれば出かけ、中央博物館の見物も欠かしたことはない。仁寺洞の伝統茶院も、ことに夜の雰囲気が素晴らしい。教保文庫で文房具を調達することもしばしばである。チョン・ミュンフン指揮のソウル・フィルハーモニーの演奏を聴くことができなくなったのは残念だが、これはCDで楽しむことにしよう。こうして韓国にも、小さな学芸共和国が成立しているわけであるが、小著によってさらにこの輪が広がることを祈って前書きとしたい。

　最後にこの翻訳のきっかけを作ってくださった許先生と翻訳に当たられた曺永心さんに厚く御礼を申し上げる。聞けば曺さんは母校の講師になられたという。こうして旧著ならびに新稿のいくつかが韓国語に訳されて、皆様の目に触れることになるのは望外の喜びである。同時にそもそもこうした機会を作ってくださったICUの小島康敬教授と、延世大学校の李孝庭准教授にも深甚の謝意を表する。

　なおまたこの翻訳を許された元版の編集部各位への謝辞を、ほかにも様々にお世話いただいた方々への感謝とともに申し添えておきたい。

2018年 5月 29日

高橋博巳

역자 서문

　과거 조선인과 일본인은 필담을 통해 소통했다. 한문이라는 동아시아의 공동 문자가 있었기 때문에 가능한 일이었다. 조선과 일본뿐 아니라 중국, 나아가 베트남과 현재는 오키나와현이 된 류큐까지 한문이라는 문자를 통해 소통할 수 있었다. 말이 달라도 문제되지 않았다.

　한문이라는 소통 수단을 통해 한중일의 문인들은 시를, 편지를, 필담을 주고받았다. 그 속에는 이국에 대한 호기심과 관심이 담겨 있었다. 통신사 사행원들은 쓰시마에서 에도까지를 왕복하며 많은 일본인을 만났다. 한문이 가능한 이들은 곧 직접 소통의 대상이었다. 그중에서도 일본 내에서 문아(文雅)를 갖추었다고 하는 인물들은 통신사의 관심사였다.

　1763~1764년 11차 통신사행은 조선인들의 이러한 관심이 가장 고조되었던 사행이었다. 이 무렵 오사카에도 '니나와 스타일'이라고 불리는 오사카만의 풍아(風雅)가 자리 잡고 있었다. 그중에서도 기무라 겐카도를 중심으로 한 겐카도 그룹의 풍아는 이들을 마주한 조선인들에게 진기한 것이었다. 성대중은 이들이 여는 시회를 직접 구경하고 싶어 하기도 했다. 이 바람은 〈겸가아집도〉를 통해 간접적으로 이뤄졌다. 이 그림은 현재 한국 국립중앙박물관에 소장되어 있는데, 당시

의 일본 사회의 모습을 보여주는 동시에 한일 문인 간의 사귐을 느끼게 해준다. 이들은 헤어짐에 이르러서는 손을 맞잡고 울기도 했다. 이 순간에도 역시 말은 문제될 것이 없었다. 손을 맞잡고 슬퍼하는 서로의 표정을 보는 것으로 헤어짐의 아쉬움은 충분히 전해질 수 있었다.

이 시대의 국경을 넘어선 풍아가 더욱더 진기하게 다가오는 것은 이러한 소통이 지금에 와서는 불가능해졌기 때문이 아닐까. 말과 글이 모두 달라진 오늘날, 서로 소통하기 위해서는 새로운 언어를 배워야만 하게 되었다. 시대의 발전과 더불어 번역기 등 새로운 기술로 편리함이 증가했다고는 하지만, 이전과 같다고는 할 수 없을 것이다. 그래서인지 조선과 에도시대 일본을 함께 조망해야 하는 통신사 연구에 있어서도 한일 양국 연구물의 상호교환에는 어려움이 있었다.

이에 이 책은 18세기 한중일 간의 교류를 문예공화국으로 바라보기 시작한 일본 연구자의 저서와 논문을 엮어 번역하였다. 당시의 교류라고 하면 일본을 향했던 조선통신사와 중국을 향했던 조선의 연행사가 중심에 있었다고 할 수 있다. 이 책 또한 통신사와 연행사를 아우르는 내용을 담고 있다. 전체는 총 4장으로 구성되어 있는데, 각각 원저자의 단행본 1권과 학술논문 3편을 내용상의 순서대로 구성한 것이다.

먼저 2009년 일본에서 단행본으로 출간된 『동아시아의 문예공화국 -통신사·북학파·겐카도-』를 실었다. 이제는 친숙해진 '문예공화국'이라는 용어는 이 책에서 비롯되었다고 해도 과언이 아닐 것이다. 여기에서는 1764년 통신사 수행원들과 일본 문사들의 만남과 교류에서부터 귀국 후 일본 문사들의 작품이 조선의 북학파 일원들에게 공유되는 모습이 다뤄지고 있다. 통신사는 수로와 육로를 거쳐 에도에 이르기까지 일본의 다양한 지역에 머물렀다. 각 지역마다 그 지역의 문사가 있었고 이들은 밤마다 통신사를 찾아왔다. 통신사들은 다음 지역에서는 어떤 문사를 만날지 기대감에 부풀었다. 에도를 향할수록 번화한 도시가 많아졌기 때문에 기대감은 더더욱 고조되었다. 아쉬움을 뒤로 하고 귀국한 후에는 조선의 지기들에게 일본인들을 소개했다. 일본인을 오랑캐쯤으로 여겼던 이전과는 달리, 당대 일본인들에 대한 시가 통신사행원 주변 문인들의 문집에 실리기도 했다. 이 장에서는 이러한 내용들이 자세하게 이야기되고 있다.

다음으로 실은 2013년도의 논문「전각이문(篆刻異聞)」은 통신사와 일본 문인의 교류 중 '전각'에 대한 교류를 중심으로 다루고 있다. 전각은 오늘날의 도장을 말한다. 오늘날과는 다르게 과거의 문인들은 여러 개의 전각을 소장하고 있었다. 그리고 자신이 지은 작품 또는 편지 등에 전각을 돌려가며 사용했다. 오늘날보다 훨씬 쓰임이 다양했던 것이다. 그렇기에 문인들은 '기이한' 전각을 소장하는 것을 일종의 취미로 삼았다. 그러한 취미는 조선 내에서만 유효한 것이 아니라 일본인들과도 공유되는 것이었다. 이 장에서는 일본인에게 전각을 만들어줄 것을 부탁하는 조선인의 청탁 사례가 자세하게 설명되어 있다.

이러한 문인 교류는 으레 직접적인 만남을 수반하게 된다. 그렇지만 조선에서 주변인들을 통해 이국 문인을 소개받기도 했다. 그리고는 점차 그들이 갖춘 문예 소양에 경모하게 되었다. 성대중과 원중거는 1764년 사행에 서기로서 수행했다. 이들은 일본의 다양한 문사들을 만났고 그들을 조선의 지인들에게 소개했다. 여기에는 박제가와 이덕무 등 북학파의 일원들이 많았다. 이후 세대를 뛰어넘어 추사 김정희 또한 일본 문인의 아취에 대해 감상하고 기록을 남겼다. 이러한 문인 사회 흐름을 저자는 18세기 중후반 오사카 문아(文雅)의 중심에 서 있었던 기무라 겐카도로 시작해, 조선의 김정희로서 매듭지어진 것으로 정리했다. 3장 「겐카도가 짜고, 김정희가 맺은 꿈」(2015)은 이러한 내용을 다루고 있다.

조선에서는 1년에 한 번 이상 청나라에 사신을 보냈다. 반면 조선인이 공식적인 루트로 일본인을 만나는 경우는 매우 한정적이었다. 나가사키를 통해 중국의 서적이 들어오기도 했지만 인적 교류가 제한된 것은 일본도 마찬가지였다. 그렇지만 만남이 오래 지난 후에도, 심지어는 만나지 않고도 서로의 문예를 이해했고 동시대 사람으로서 서로를 존중했다. 만약 이들이 지금과 같이 자유로이 교류할 수 있었다면 어땠을까? 이 질문에 대해서는 마지막 장인 「문인 연구에서 문예공화국으로」(2014)에 저자의 대답이 제시되어 있다. 18세기는 지금에 비해 부자유한 시대였다. 그렇지만 저자는 한중일 문인들에게 있어 그 정신과 마음만큼은 서로를 이해하고 함께하고자 했음을 강조하고 있다. '마음(心)'의 교류란 것은 그들을 두고 한 말이 아닐까 싶다.

조선과 일본의 문인을 중심으로 해서 중국의 문인까지 다루다 보니 이 책에는 다양한 문인들이 등장한다. 주요 인물들에 대해서는 부록에 정리해두었다. 과거 동아시아의 문인들은 여러 가지 별칭을 사용했다. 본문의 내용 중에도 때로는 이름이, 때로는 호가 다양하게 등장하는데 이것은 선인이 남겼던 기록을 그대로 인용했기 때문이다. 인물별로 자호와 별칭 등 또한 부록에 함께 기록해 두었다.

이 책의 번역 작업은 일이 아니라 '취(趣)'로서 다가왔다. 옛사람들이 시문을 주고받으며 그들의 '취'를 즐겼듯이, 선배 일본 학자의 연구를 번역하고 또 소통해나가는 과정이 후배 인문학 연구자로서의 '취'였다. 배울 것이 많은 저서를 번역하게 되어 흥겹게 취해 본 시간이었다.

여러모로 미숙한 점이 많아 다카하시 선생님께 많은 질문을 안겨드리곤 했는데, 어떤 질문이든 금세 답장이 오곤 했다. 투철하신 선생님의 작업 방식 덕분에 번역본이 나올 수 있었다. 깊이 감사드린다. 또한 소중한 기회 주시고 번역 작업을 함께 해주신 허경진 선생님께 깊이 감사드린다. 선생님께는 연구자로서의 모든 면에서 큰 가르침을 받고 있다. 사진을 제공해준 탁승규 학형에게도 감사를 전한다.

2018년 5월 22일

조영심

차례

일러두기

1. 일본 고유명사는 일본어 발음으로 표기하는 것을 원칙으로 한다. 표기법은 국립국어원의 "외래어 표기 규정"을 따른다.

2. 일본인의 자, 호, 통칭 등도 일본어 발음으로 표기한다.

3. 일본의 행정구역 단위 명이 동아시아에 통용되는 명칭이라고 판단되면 한글 음으로 표기한다.

4. 연도를 일본 연호로 나타낸 경우 한국의 독자를 배려해서 서기 연도로 수정한다. 단, 내용상 필요하게 여겨지는 경우는 일본 연호를 병기한다.

5. 도서명의 경우 고서의 경우 음독을, 현대서의 경우 한국어 번역을 원칙으로 하며, 문장부호 『 』로 표기한다. 서명 이외에 출판사 사항 등은 필요한 경우 번역한다.

6. 작품명의 경우 번역을 원칙으로 하며, 문장부호 「 」로 표기한다. 단, 음독하여도 의미가 통하는 경우 음독한다.

7. 회화명의 경우 음독하며, 문장부호 〈 〉로 표기한다.

8. 중국인명의 경우 한국어로 음독한다.

9. 원저의 각주를 번역하는 경우, [원주]라고 표기한다. 원저 본문의 출전 표기는 각주로 옮겨 표기한다.

동아시아의 문예공화국

- 통신사·북학파·겐카도 -[1]

시작하며

에도시대 260여 년을 거쳐 조선통신사의 여정이 12차례 있었다. 마지막 12회차는 쓰시마에서 멈췄기 때문에 실질적으로는 11회차가 마지막이 된다. 지금으로부터 250년이 넘는 과거의 일이다.

쇼군 교체 시에 조선 국왕의 국서를 지닌 500여 명의 외교단이 일본을 방문했기 때문에, 사절을 보내는 조선에 있어서도, 맞이하는 도쿠가와 막부, 그 속에서도 사행로에서 영접하는 각 번에서도 굉장한 사업이었다. 당연히 재정을 압박했고, 마지막 통신사행이 쓰시마에서 행해진 것 또한 재정적인 핍박이 주요한 이유였다.

이 진기한 외교 관계는 한때 잊혔었지만 그러한 사실의 발굴을 수행해 온 분들의 노력 끝에 지금은 상당히 많은 수의 서적이 출판되고,

---

1 이 장은 다음 책을 번역한 것이다. 高橋博巳, 『東アジアの文藝共和國−通信使・北學派・蒹葭堂−』, 新典社新書 26, 2009.

연구도 활발해졌다.

　이 책에서는 아직 충분히 해명되지 않은 통신사 수행 제술관을 비롯한 문인집단과 일본 유학자나 문인들의 교류에 스포트라이트를 비추고 있다. 여기에는 의외로 국경을 넘은 '마음(心)'의 교류가 있었다.

　이것을 나는 문예공화국이라고 부르고 싶다. 그러나 '문예공화국'은 우리에게 익숙한 표현이 아닐는지도 모르겠다. 이 용어는 16세기 유럽에서 라틴어에 의해 국경을 넘어서는 네트워크를 뜻하는 말로 시작했다. 이것이 17, 8세기에는 프랑스어에 의한 공공권(公共圈)으로 이어졌다.

　물론 동아시아에서는 문예공화국이 그다지 잘 이행되지는 않았다. 개명(開明)한 왕, 정조(正祖, 1752~1800)에게 지지받은 북학파의 활동도 왕의 죽음과 함께 덧없이 사라졌다. 그러나 그렇기 때문에 감히, 그 궤멸한 뜻에 빛을 보게 하고 싶다. 평이한 뜻으로 인용문을 적고자 대담한 현대어역을 시도했다. 관심이 있는 분은 원문의 분위기를 직접 음미하기 위해 책 말미의 출전 일람을 참고하기 바란다.

1. 조선통신사

한양에서부터 아이노시마까지

　일본의 연호로는 호레키(寶曆) 13년(1763), 조선에서는 영조 39년에 제10대 쇼군 도쿠가와 이에하루(德川家治)의 습직을 축하하기 위하여 파견된 통신사 일행이 8월 3일(이하, 음력) 한양을 출발해 10월 16일

부산에서 배를 탔다. 이로부터 쓰시마(對馬), 이키(壹岐)를 거쳐, 히젠
(肥前, 현재의 후쿠오카현) 아이노시마(藍島)에 도착한 것이 12월 3일 깊
은 밤이었다.

　한양을 출발한 지 4개월이 경과했다. 오늘날에는 KTX와 비틀(ビー
トル, JR규슈 고속선)을 연달아 타고 가면 불과 하루 정도밖에 걸리지
않지만, 당시에는 120일이나 걸렸다. 해상에서 만난 폭풍에도 일행
들은 시달려야 했다.

　아이노시마의 환영행사는 후쿠오카번(福岡藩) 담당이었다. 맞이하
는 사람들 중에는 젊은 가메이 난메이(龜井南冥, 1743~1814)가 있었는
데 통신사 일행과 필담한 기록이 『앙앙여향(泱泱餘響)』으로 정리되어
있다.

　필담이란, 당시 동아시아의 공통 문자였던 한문으로 기록해서 서
로 보여줌으로써 의사소통하는 것이다. 일일이 붓으로 글자를 쓰는
것은 불편한 일이겠지만, 회화(會話) 내용이 그대로 기록으로 남는다
는 이점이 있었다.

　가메이 난메이의 자기소개를 살펴보자.

　　저는 바닷가에 사는 은사로, 성을 가메이(龜井), 이름을 로(魯), 자
　를 도사이(道哉)라고 합니다. 여러분이 온다는 말을 듣고 번에 청원하
　여 환영 인사로 참여하게 되었습니다.

　'자'는 관례(冠禮) 때에 짓는 이름이다. 보통 부모나 스승, 군주 이
외에는 실명으로 부르지 않기 때문에(따라서 '이름'을 휘(諱)라고 부르기

도 한다), 자가 필요하다. 난메이라는 호는 필명 같은 것이다. 이처럼 한 사람에게 여러 가지 명칭이 있었다.

현재의 외교에서는 대사관의 문화 담당의 일에 해당할지 어떨지 모르겠으나, 서로 운을 갖춰 시를 짓고 그것을 증답하는 관습이 있었다. 상대 시의 운자를 그대로 사용해 화답시를 지었는데, 그 속에는 자연히 상대의 마음에 다가서려는 심리가 작용하고 있었다. 실제로 이것으로 친교가 깊어지는 일도 있었다.

그렇기 때문에 통신사행원에는 시에 뛰어난 인물을 선발하였다. 이러한 인물 중 한 명으로 정사 서기였던 성대중(成大中, 1732~1809)의 사행 기록인 『사상기(槎上記)』 12월 8일의 기사에는,

> 의관 가메이 로(龜井魯)가 보러 왔다. 나는 한기가 돌았지만 무리하여 창수했다. 가메이 로는 기재(奇才)였다.

라고 기록되어 있다. '기재(奇才)'란 좀처럼 없는 뛰어난 재능을 지닌 인물을 말한다. 이때 감기 기운을 누르고 창수한 시에,

> 빈연에서 한번 만났는데도 참으로 옛 친구 같아, 賓筵一會眞如故
> 붓 아래 경방(瓊芳)을 서로 주고받네.   筆下瓊芳互往回

라고 읊었다. '경방(瓊芳)'이란 옥을 만들어내는 진기한 나무에 피는 꽃으로, 우수한 글에 대한 비유이다. 두 사람은 손님 환영 접대 자리에서 처음 만났음에도 초면이 아닌, 전부터 알던 사이 같은 기분이

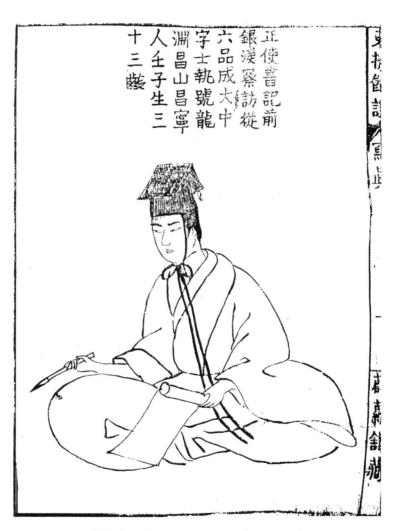

성대중 (미야세 류몬(宮瀬龍門) 『동사여담(東槎餘談)』)

성대중 (니야마 다이호(新山退甫) 외, 『한객인상필화(韓客人相筆話)』)

든다고 이야기하였다.

붓끝에서 향기로운 꽃과 같은 아름다움이 넘쳐흘러서, 그것이 탁구공처럼 왔다 갔다 한 것을 보면, 가메이 난메이의 '기재'다운 모습을 격려하는 성대중의 근사함까지 느껴진다. 여기에서는 일본에 도착하자마자 멋진 젊은이를 만난 기쁨이 흘러넘치는 것 같다. 아마도 성대중에게는 이러한 만남이 의외였을 것으로 생각된다. 이처럼 이질적인 문화의 교류는 신선한 경이로움을 확인하는 것에서부터 시작한다.

이러한 솔직함에서 연상되어, 나는 이바라키 노리코(茨木のり子)의 시집에서 한국의 벗을,

　　　솔직한 말투
　　　청초한 풍채
　　　–「그 사람이 머문 나라 –F · U에게–(あのひとの棲む國–F · Uに–)」[2]

라고 읊었던 구절을 떠올렸다. 이 구절은 아량(雅量)이라는 말을 다소 간소화하면 꼭 들어맞는 심적 상태라고 말할 수 있다. 어느 쪽이든 마음이 넓은 것은 바람직한 일이다.

이처럼 통신사 일행의 관심은 당시 일본에 어떠한 인재가 있을지에 대한 것이었다. 제술관 남옥(南玉, 1722~1770)이 가메이 난메이에게

2　이바라키 노리코(茨木のり子), 『기대지 않고(倚りかからず)』, 지쿠마쇼보(筑摩書房), 2007.

남옥(미야세 류몬 『동사여담』)

물었다.

당신 나라의 기사(奇士)에 대해서 들려주지 않겠습니까?

난메이는 우선 자신의 스승이기도 한 나가토미 도쿠쇼안(永富獨嘯庵, 1732~1766)의 이름을 대고, 이어서 다음과 같이 답했다.

나가토(長門)에는 다키 야하치(瀧彌八)라는 인물이 있는데 박학한 호재라고 평가됩니다. 오사카(大坂)나 서경(西京, 교토)에도 이에 필적할 인물이 몇 있습니다. 동도(東都, 에도)는 잘 모르겠습니다만, 아마도 야하치 정도의 인물은 없을 것입니다. 풍채와 문아(文雅)가 둘도 없을 만한 인물은 나니와(浪華)의 보쿠 고쿄(木弘恭)입니다.

'나가토'는 현재의 야마구치현(山口縣)으로 통신사가 다음에 들를 곳이었다. 이 말을 듣고 추월(秋月) 등의 기대는 부풀었다. 이어진 질문은

야하치와 도쿠쇼안 중에서는 누가 더 뛰어납니까?

라는 내용이었다. 이에 대해서 난메이는 "저는 도쿠쇼안의 인물로서 야하치의 학문을 평가했습니다. 도쿠쇼안이야말로 천하의 기사(奇士)라고 할 수 있겠습니다."라고 대답했다. 부사 서기인 원중거(元重擧, 1719~1790)가 "당신은 도쿠쇼안에게 사사하여 문장을 배웠습니까? 아니면 학업, 혹은 의업을 배웠습니까?"라고 질문한 것에 대해, 난메이

원중거(미야세 류몬 『동사여담』)

는 "단지 의업학술을 배웠을 뿐으로, 문학은 다이초(大潮)에게 배웠습니다."라고 답했다.

여기에서 정리해보자. 우선 나가토미 도쿠쇼안은 간단히 의사라고 할 수 있을 뿐만 아니라, 다방면에서 활약했었다. 시모노세키(下關) 근처 지역 촌장의 셋째 아들로 태어나 나가토미 가의 양자가 되어 소라이학파(徂徠學派)의 야마가타 슈난(山縣周南, 1687~1752)에게 유학(儒學)을 배웠고, 고의방(古醫方)³의 야마와키 도요(山脇東洋, 1705~1762)에게 의학(醫學)을 사사하였으며, 또 형제들과 함께 제당업까지 시작한 기업가이기도 했다. 통신사가 왔을 때에는 오사카에서 의업과 동시에 저술에도 몸담고 있었다.

후에 라이 산요(賴山陽, 1780~1832)는 도쿠쇼안에 대해,

나가토의 도쿠쇼옹(獨嘯翁)은 호걸의 자질을 지녔으며 의술에 묻힌 생활을 하고 있었습니다. 나는 그 평판을 듣기만 했을 뿐, 결국 만나지 못한 것이 유감입니다.
– 「오다 데이세키를 보내는 서(小田廷錫を送る序)」⁴

라고 기술했다. '호걸'이란 스케일이 큰 사람을 말한다. 도쿠쇼안은 의사로만 두기에는 아까운 인물이었던 것이다. 이러한 인물이라면 누구든 한번 만나보고 싶다고 생각하지 않겠는가.

---

3   고의방(古醫方) : 동방의학으로 중국 후한시대에 의학을 행했던 학파를 말한다. 일본에서는 에도시대 전기부터 행해졌으며 고토 곤잔(後藤艮山)과 야마와키 도요 등이 있다.
4   라이 산요(賴山陽), 『산양선생유고(山陽先生遺稿)』 8.

한편, 다키 야하치(瀧彌八, 1709~1773)는 가쿠다이(鶴臺)라는 호로 알려져 있다. 도쿠쇼안과 마찬가지로 야마가타 슈난 문하의 수재였다. 후에 아카마가세키(赤間關, 현재의 시모노세키)에서 통신사 일행과 대면한다.

문학의 스승 다이초(大潮, 1678~1768)는 소라이학파의 불자시인(佛者詩人)으로 특히 소라이학을 일본 서부에 퍼트린 인물로 알려져 있는데, 그의 시집에는 소라이학파답지 않은 서정적인 시가 산견되어 있을 정도로 시문에 재능이 풍부한 인물이었다.

추월 등은 이후 가쿠다이나 특히 '풍채와 문아가 둘도 없을 만한' 인물로 소개된 보쿠 고쿄와 만나 각각에게 강한 인상을 받은 듯하다. 보쿠 고쿄는 오사카의 문인, 기무라 겐카도(木村蒹葭堂, 1736~1802)이다. 고쿄가 이름으로, 자는 세이슈쿠(世肅), 호는 손사이(巽齋)인데, 실명(室名)인 겐카도가 가장 널리 알려져 있다.

아카마가세키에서

아카마가세키에서의 조슈번(長州藩)의 환영 방식은 당시의 필담을 모아 기록한 『장문계갑문사(長門癸甲問槎)』 4권을 통해 알 수 있다. 통신사를 접대한 다키 가쿠다이(瀧鶴臺)는 이전 해에 조슈번의 유학자가 된 직후였다.

가쿠다이는 이름이 조가이(長愷), 자는 야하치(彌八)로, 집이 가쿠에다이(鶴江臺) 근처였으므로 가쿠다이(鶴臺)라는 호를 지었다고 스스로 소개했다. 그 직후의 증답시에 '가메이가(龜井家)의 사내, 한 형주(韓荊州)를 알게 해주었네.'⁵라거나 '일찍이 가메이를 통해 높으신 풍모를 알았습니다.'⁶라고 읊은 것을 보면, 가메이 난메이를 통해 가쿠다이를 알게 되었다는 메시지를 전달받을 수 있다. '한 형주(韓荊州)를 알게 해주었네.'라는 것은 난메이에 의해 가쿠다이를 알게 되었다는 것을 의미한다.⁷ 또 '높으신 풍모'는 가쿠다이의 뛰어난 인격을 가리킨다.

가쿠다이는 이어,

> 제 이름을 이미 알고 계시다니 부끄럽지 그지없습니다. 다만, 평판과 실제 저를 만나보신 인상이 다르지나 않을까 염려스럽습니다.

---

5 성대중, 「다키 가쿠다이가 보내주신 운에 화운하여(和瀧鶴臺惠韻)」의 한 구절로 전편은 아래와 같다.
메이가(龜井家)의 사내, 한 형주(韓荊州)를 알게 해주었네.　　龜井家郞許識韓
아이노시마와 아카마가세키엔 풍설로 거문고 차갑기만 하네.　　藍關風雪一琴寒
가쿠다이의 집안 대대로 문풍 풍요로워　　鶴江家世饒文藻
날려는 상서로운 새 봉혈 단봉이라네.　　瑞羽將飛穴是丹

6 원중거의 시 「가쿠다이에게 화답하다(和鶴臺)」의 한 구절로 전편은 아래와 같다.
일찍이 가메이로부터 높으신 풍모를 들었는데　　曾因龜子挹高風
이곳 바다 가운데서 시문을 접하였네　　詞翰逢迎此海中
빈관 안에서 해는 짧아도 대화 길었으니　　日短話長賓館裏
편지 마주하게 되면 뜻 다하기 어려우리　　郵筒相對意難窮

7 이 시 원문의 '식한(識韓)'은 한 형주(韓荊州)를 안다는 말로, 이백(李白)의 「여한형주서(與韓荊州書)」에 "이 세상에 태어나서 만호후에 봉해지기보다는, 그저 한 형주를 한번 알기만을 바랄 뿐이다.(生不用封萬戶侯, 但願一識韓荊州)"라는 말에서 나왔다. 한 형주는 당시 형주자사였던 한조종(韓朝宗, 686~750)으로 명성이 높아서 모든 사람이 만나 보기를 원했다는 성어가 있다.(願識韓荊州) 여기서의 한 형주는 다키 가쿠다이로, 만나보고 싶은 인물이었다는 찬사가 내포되어 있다.

라고 겸손하게 답했다. 여기에서 추월이 화제를 바꿔 다음과 같은
제안을 한다.

옛 사람들도 말했듯이 하루 만나 이야기를 나누는 것으로 십 년
독서보다 많은 것을 배울 수 있습니다. 시를 짓는 것은 이 정도로
하고, 필담으로 속내를 이야기하지 않으시겠습니까? 높으신 이름은
충분히 알고 있으니 나이와 살고 계신 곳을 들려주시기 바랍니다.

추월 등은 판에 박힌 듯한 창수시 짓기에 다소 질렸던 것일지도
모른다. 이에 가쿠다이는 이와 같이 답했다.

필담으로 마음을 논하는 것은 바라지도 못했던 일입니다. 우선 제
나이는 55세요, 살고 있는 곳은 여기로부터 200리 정도 떨어진 하기
성(萩城) 아래에 있습니다. 그러나 참근교대(參勤交代)[8]에 따라 에도
를 왕복하고 있는데다가 이렇게 여러분을 접대하기 위해 아카마가세
키에 오기도 하니, 동분서주하여 자리 잡고 살 틈도 없습니다.

그러자 추월은 이처럼 바쁠 때야말로 '청담(淸談)'이 좋은 것이라며
상대의 관심을 유도한다. 비록 잠깐일지라도 세속적인 괴롭힘에서
벗어나 학문이나 예술 등을 이야기하는 '청담'은 문인에게 있어서 더
할 나위 없는 즐거움이었다. 배려 넘치는 추월의 말에 가쿠다이가

---

8 참근교대(參勤交代) : 도쿠가와 막부의 다이묘(大名) 통제책으로 격년마다 다이묘
　를 불러 에도에서 일정 기간 머물게 했던 정책이다.

감사하며 "통신사 접대에는 음주가 금지되어 있어, 술에 관련된 시를 지을 수 없는 것이 아쉽다"고 이야기하자, 추월은 즉시 훌륭한 회답을 보냈다.

덕으로 사람을 취하게 하는 편이 술로 취하게 하는 것보다 훨씬 낫다고 생각하지 않으십니까?

'덕(德)'은 일본에서도 물론 중요하게 여겨졌다. 예를 들어, 오사카의 가이토쿠도(懷德堂)는 1724년에 설립된 상인 학교인데, 이름과 같이 '덕을 품는다', 즉 덕을 마음속에서 소중히 한다는 의미이다. 학문을 장려하고 정신을 닦는 것을 통해 몸에 갖춰지는 품성이 '덕'이다.

실제로는 어떤가. 덕이 높은 유학자라고 해도 이름이 바로 떠오르지는 않는다. 그러니까 이 추월의 한마디는 한일 양국 유학자의 위상 차이를 의도치 않게 드러내고 있다. '술'을 마시고 마시지 않고의 차원을 넘어 더 중요한 품위나 인간성을 묻고 있기 때문이다. 게다가 아무렇지도 않은 듯이 인사인 양 가볍게 이야기해버리는 데에서 추월의 진면목이 나타난다. 평소부터 덕의 함양에 유의하고 있지 않았다면 내뱉을 수 없는 이야기이다.

이에 대한 가쿠다이의 대답에서 이목을 끄는 것은 유머 감각이다. 돌아오는 길, 통신사가 다시 아카마가세키를 통과한 것은 음력으로 5월 하순이었다. 이미 한창 더위가 찾아왔을 무렵으로, 가쿠다이가 "이 더위에 그렇게 입고 계시면 숨 막힐 듯 덥지 않으십니까?"라고 묻자, 추월은 "저는 다행이도 야위었기 때문에 더위에는 개의치 않습

니다."라고 답했다. 그러자 가쿠다이가,

> 저는 돼지처럼 살이 쪄서 물처럼 땀을 흘리는 학사(汗淋學士, 한림
> 학사) 같습니다.

라며 농담으로 응했다. '한림학사(汗淋學士)'는 '한림학사(翰林學士)'를
빗댄 말이다. 같은 '한림학사'라도 조칙(詔勅)의 기초를 담당하는 '한
림학사(翰林學士)'와 단순히 땀을 많이 흘리는 '한림학사(汗淋學士)'는
큰 차이가 있다. 이러한 차이는 잠시간 가벼운 웃음을 유발했을 것인
데, 당시 그 자리의 분위기를 부드럽게 했을지 혹은 한층 더 숨 막히
는 분위기를 만들었을지 분명치는 않다.

천하의 대○○

그런데 성대중은 가쿠다이에게 다음과 같은 이야기를 한다.

> 천하의 대문학·대자연·대인물을 전부 다 보는 것과 같은 일에, 이
> 세상을 살아가는 보람이 있다고 할 수 있는 것입니다. 당신은 어느
> 정도 실현했습니까?

천하의 고전을 다 읽고, 대자연의 아름다움을 느끼며, 훌륭한 인물
과 만난다는 바람을 모두 이루면 미련을 둘 것이 없을지 어떨지는,
그 사람이 무엇을 목표로 혹은 즐거움으로 하여 살아가고 있는지에
따라 달라질 것이다. 가쿠다이의 대답은 다음과 같다.

저는 어렸을 때부터 배우는 것을 좋아해 여름도 매우 좋아했습니다. 그러나 지금은 벼슬에 얽매인 몸으로 자유로이 여행하는 것이 마음대로 되지 않습니다. 다만 동쪽으로는 에도와 교토, 서쪽으로는 나가사키(長崎)까지 발을 뻗쳐서 국내의 명승은 대략 다 둘러보았고, 국내의 명사와도 대개 교유할 수 있었습니다.

또 청나라나 네덜란드 및 여러 나라의 사람들도 만나보았고, 이번에 이렇게 여러분과도 만날 수 있게 되어 만족하고 있습니다.

다만 아직까지 서적을 널리 찾아보는 데에는 이르지 못해, 이것만이 마음이 걸립니다.

여기에서는 국내의 지식인에 대한 관심에 그치지 않고, '청나라'나 '네덜란드 및 여러 나라'의 사람들과도 '접견'하고자 하는 넓은 세계에 대한 가쿠다이의 열린 정신을 확인할 수 있다.

말 밖의 뜻, 마음속의 소리

한편, 가쿠다이는 통신사에게 다음과 같은 주문을 했다.

요즘 여러분이 작은 소리로 시를 읊고 계시는 것을 듣고 그 온아한 소리에 도취되었습니다. 부디 한번 낭랑하게 읊어주실 수 없으신지요? 그것으로 속세의 일에 더럽혀진 귀를 맑게 하고, 좋은 시를 지을 계기로 만들고 싶습니다.

그러자 성대중이 "알겠습니다. 해보지요. 그럼 부디 이 시에 화답

해주십시오."라고 제안했다. 가쿠다이가 "발음도 다른데 어찌 화답할 수 있겠습니까."라고 말하자, 성대중이 다음과 같이 응했다.

> 시를 읊을 때에 말로 드러나지 않는 뜻과 마음속의 소리를 서로 소리 높여 맞추기만 하면, 이질적인 것 속에서도 공통점이 발견될 수 있을 것입니다.

여기에는 '음운'의 표면적인 차이를 초월해 '말 밖의 뜻, 마음속의 소리'를 탐색하자는 자세가 드러나 있다. 고도의 커뮤니케이션 능력이 요구되는 것인데, 한문을 공통언어로 하는 측면이 이를 강력하게 뒷받침하고 있다는 점을 빠트릴 수 없다. 마음의 소리가 국경을 넘어선 것이다.

현천(玄川)이 칠언율시를 소리 높여 읊고 성대중도 절구 2수를 읊었다. 이를 들은 가쿠다이는

> 미끄러지듯 부드러우니 청나라의 음과 유사합니다. 속된 귀에 무엇보다도 약이 됩니다.

라며 감동하는 표정으로 답했다. '말 밖의 뜻, 마음속의 소리'가 훌륭하게 이심전심으로 전해진 것이다. 그 결과 가쿠다이는 시에서 "함께 기뻐하네, 문명과 시대정신이 같다는 것을"이라고 읊었고, 성대중은 "문명이 큰 바다 동쪽에 미쳤네."라고 하며, 서로 같은 '문명' 아래 있다는 행복을 실감했다.

중국만이 문명국인가

이러는 사이 통신사 일행은 급히 에도를 향해 출발했다. 배웅도 제대로 하지 못한 가쿠다이는 서간을 통해 장문의 질문을 보냈다. 다음은 성대중에게 보낸 내용이다.

> 이 세계의 가르침으로 성인의 도(유학) 이상의 것이 있다고는 생각할 수 없지만, 그렇기 때문에 후세의 유학자들 중에는 중국만을 존중하고, 여러 다른 국가를 낮추어 보는 경우가 있습니다. 이것은 천지의 거대함을 알지 못하는 어리석은 이의 의견이라고 하지 않을 수 없습니다.

예부터 바다 저편에서 일본에 다다른 것은 야자나무 열매뿐이 아니었다. 농업·금속기기·한자 등등 너무 많아서 일일이 셀 수가 없다. 이윽고 나라의 제도인 율령제까지 수용되어, 새로운 것이 모두 외부에서 들어오는 것에 익숙해져 버렸고, 외래 신앙은 학문에까지 영향을 미쳤다. 유입된 학문에 어느새 자신을 동화시켜, 말하자면 높은 곳에 서서 고답적인 비평을 하면서도 본인은 그것을 자각하지 못하는 경우가 적지 않았다.

가쿠다이는 이처럼 되는 대로 중국을 존귀하게 여기는 생각에 반대했다. 중국에 대한 존경의 뜻은 흔들리지 않을 수 없었다.

> 귀국도 우리나라도 위치는 세계의 동쪽 끝이지만, 현재 귀국에는 유학이 널리 퍼져 이상적이었던 고대 중국 시대의 우수함과 비교해도

뒤떨어지지 않는 상태입니다.

한편, 우리나라의 순후하고 아름다운 풍속은 천성적인 것이 되어, 충성스럽고 의로운 선비나 효도하는 자식이 매우 많습니다.

그런데 현재 중국은 어떻습니까. 성인을 배출한 나라임에도 그 후예들의 흉악함은 야만국보다 심하지 않습니까.

듣자하니 네덜란드는 일부일처제로 국내에 걸식하는 이가 없다는 점 등 모든 점에서 중국보다 우수합니다. 서양이나 남만(南蠻)에서 건너온 지식을 『대명회전(大明會典)』이나 『대청회전(大淸會典)』·『대명일통지(大明一統志)』 등과 비교하면 회전이나 일통지에 실려 있지 않은 일들이 많이 실려 있습니다.

『대명회전』과 『대청회전』은 명·청대 제도나 예법 등을 기록한 서적이고, 『대명일통지』는 명대 중국 및 주변 지역의 지리서이다. 서적을 통한 것이라고는 해도, 드디어 동(東)과 서(西)가 비교되어 논의되는 단계에 다다른 것을 알 수 있다.

조선이니 일본이니 하는 다른 지역에 장점이 없었을 리가 없다. 당시 조선은 '이적(夷狄)'이 지배하는 청나라를 대신해 조선이야 말로 중화 문명의 계승자라고 하는 '소중화(小中華)'를 표방하고 있었다. 그러나 '소(小)'와 '중화(中華)'의 조합에는 어딘가 짝이 맞지 않는 인상을 부정할 수 없다.

마찬가지로 일본의 '순후하고 아름다운 풍속'에 대해서도 주변 국가를 설득할 수 있었을는지 알 수 없다.

또 네덜란드 찬미에도 꽤나 편견이 들어있다.

　실로 우주는 광대하고 지구상에는 다양한 나라들이 있으며 거기에
는 각각의 '도(道)'가 있습니다. 그 결과 여러 나라와 백성들이 평화롭
게 살아가고 있습니다. 이 '도'는 '브라만의 법'에서부터 '천주교', '회
회교' 등 다양합니다. 각각 '이용후생'이나 '성덕(成德)'의 도를 세우
고 사람들을 평화롭게 살아가게 합니다. 그러므로 중국만이 귀한 것
이 아니고, '이적의 교(夷敎)'에도 훌륭한 존재 이유가 있습니다. 군자
의 삶으로서는 유용한 도를 행하며 사람들의 행복에 공헌하는 것이
중요합니다. 만약 어떠한 이유로든 그것이 불가능하다면 천명에 안주
하고 스스로 주어진 처지를 즐기며 살아갈 수밖에 없습니다. 이것이
제 생각입니다만 어떻게 생각하시는지요?

　여기에서 주목해야 하는 것은 중화문명권 외부에, 중화문명권에
필적하거나 혹은 그 이상의 문명권이 복수 존재한다고 하는 인식이
다. 세계 각지에서는 브라만교(고대 인도의 민족 종교)·천주교(가톨릭)
·회회교(이슬람교) 등이 그곳에 사는 사람들의 가르침으로서 기능하
고 있다. 가쿠다이는 명백히 유학자였음에도 브라만교 이하의 여러
종교들에도 관용적인 열린 정신으로 응하고 있다는 것을 알 수 있다.
　더욱 중요한 것은 가쿠다이가 이처럼 '유용한 도'를 실천하는 것이
'군자'의 책무라고 하면서도, 그러나 그것이 불가능한 경우에는 깨끗
이 물러나서 유유자적한 생활을 보내라고 한 그의 자세이다. 이것은
아무런 뜻도 없고, 세상을 위해 사람을 위해 일하지도 않고, 지위에
급급해 하는 삶의 방식의 반대편에 있는 생각이라고 말할 수 있다.
언뜻 보면 소극적인 삶의 방식처럼 보이지만, 당시는 지금 생각하는
것처럼 자유롭지 않았기 때문에 이것이 최대한이었다.

그러나 이러한 생각에 대한 성대중의 반응은 냉정했다. 중국의 행위 속에 조금이라도 야만적인 것이 있다면 이적에 지나지 않는다는 것에 대하여 쌍심지를 켜며 찬성하지 않았고, 보다 깊고 공평한 견해를 권장했다.

오사카에서의 만남

아이노시마에서 겐카도의 이름을 들은 후 그와의 만남은 통신사의 관심을 끌었다. 이는 귀로의 오사카 객관에 몰려든 사람들 중 기무라 겐카도 그룹의 얼굴이 포함되어 있는 것을 통해 실현되었다. 4월 5일의 일이었다. 오사카의 객관은 기타미도(北御堂)[9]였다.

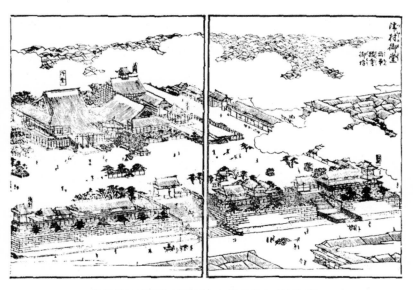

『섭진명소도회(攝津名所圖繪)』 4, 〈쓰무라미도(津村御堂)〉

기무라 겐카도
(다니 분초(谷文晁) 그림. 오사카부 소장)

다이텐 화상(大典和尙)
(『근세명가초상(近世名家肖像)』
도쿄국립박물관 소장)

이즈음의 일은 후에 쇼코쿠지(相國寺) 주지가 된 다이텐(大典, 1719~
1801)이 기록한 『평우록(萍遇錄)』을 통해 자세하게 알 수 있다.

겐카도는 다이텐 등과 함께 사행단의 숙사를 방문했다. 먼저 다이
텐이 자기소개를 하자, 추월이 그것을 받고 겐카도에게 말했다.

세이슈쿠(世肅)[10]는 저희가 친애하는 분이십니다. 만나 뵙게 되어
드디어 존경의 뜻을 더할 수 있겠습니다.

9　기타미도(北御堂) : 기타미도는 오사카에서 통신사들이 묵었던 혼간지 쓰무라별원
　　(本願寺津村別院)을 말한다. 현재의 오사카부(大阪府) 오사카시(大阪市) 주오구(中
　　央區) 혼마치(本町)에 있으며 정토진종(淨土眞宗) 혼간지파(本願寺派) 니시혼간지
　　(西本願寺)의 별원이다.
10　세이슈쿠(世肅) : 기무라 겐카도의 자.

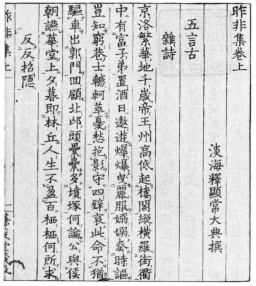

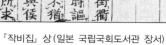

『작비집』 상(일본 국립국회도서관 장서)

『작비집』 간기
(일본 국립국회도서관 장서)

겐카도는 상업도시 오사카에서 그때까지 7년간 매월 16일을 정례일로 하여 겐카도회(兼葭堂會)라고 하는 작시(作詩)·작문(作文) 모임을 지속해왔다.

겐카도가 가타야마 홋카이(片山北海, 1723~1790)에게 입문하여 한시문을 배우기 시작한 것은 11세 무렵이었다. 그리고 23세 무렵 시사(詩社)인 겐카도회를 결성했다.

홋카이와 함께 겐카도의 지도자 역할을 한 것이 앞서 언급한 다이텐이다. 이 두 사람은 본래 소라이학파의 계통에 속해 있던 우노 메이카(宇野明霞, 1698~1745) 문하의 동문이기도 했다. 겐카도는 출판에도 종사했으니, 이때는 다이텐의 첫 시집『작비집(昨非集)』이 겐카도판으로 1761년에 간행된 직후였다.

이러한 겐카도회의 성격을 무엇보다도 정확하게 이야기해주는 것은 미즈타 노리히사(水田紀久) 선생의 '생산적 상업도시에 활짝 핀 중국 취미의 초계층적 문아(文雅) 살롱'이라는 정의일 것이다.[11] 곤톤샤(混沌社)는 겐카도회가 발전한 것이다.

겐카도는 이밖에도 가노파(狩野派)의 오오카 슌보쿠(大岡春卜, 1680~1763)를 통해 그림에 입문한 뒤, 난핀파(南蘋派)의 가쿠테이(鶴亭, 1722~1785)에게 화조화(花鳥畵)를 배웠고, 또 야나자와 기엔(柳澤淇園, 1704~1758)의 소개로 이케노 다이가(池大雅, 1723~1776)에게 산수화(山水畵)를 배우는 등, 어디에서 이러한 시간이 났는지 신기할 정도로 다재다능했다.

그래서 겐카도가 통신사와 만났을 때 아직 29세의 젊은이였음에도 불구하고 이미 시 짓기와 그림에 능했으며, 박물학에도 관심을 둔 백과사전적인 문인으로 스스로를 형성한 상태였다.

이러한 것이 가능했던 배경에는 라이 슌스이(賴春水, 1746~1816)가 당시 "교토와 에도는 필시 나니와의 문학적 수준에 한참 미치지 못했던 것 같다"[12]고 기록했던 것처럼 나니와(현재의 오사카 지역)에는 문화적인 성숙함이 있었다.

11 미즈타 노리히사(水田紀久), 「혼돈시사(混沌詩社)」, 『근세낭화학예사담(近世浪華學藝史談)』, 나카오쇼센도서점(中尾松泉堂書店), 1986.

12 라이 슌스이(賴春水) 저, 다지히 이쿠오(多治比郁夫)·나카노 미쓰토시(中野三敏) 교주, 『재진기사(在津紀事)』 상, 신일본고전문학대계97, 이와나미서점(岩波書店), 2000.

물론 이러한 배경 위에 본인의 연찬(研鑽)이 있었던 것은 말할 것도 없다. 그의 유필(遺筆)에는 이러한 기록이 있다.

세상에는 사농공상의 구별이 있는데 나는 병이 많아 실무는 견딜 수 없다. 그래서 양친의 도움으로 학문을 하여 평화로운 시대의 즐거움으로 삼았다. 물론 세간에서 왕왕 보이는 것처럼 문학을 방패막이로 삼아 방탕하게 유유자적하는 것을 일삼는 무뢰한은 수치로 삼았다. 따라서 한가하게 지내고 있지만 명물학(名物學)을 연구해 길이 전하겠다는 뜻을 지니고 있다.

'명물학'이란 물산을 조사하는 학문이다. 또한 반사회적 또는 비사회적인 방탕한 무뢰한들과는 선을 긋고 있었다. 그렇다 치더라도 주조업을 경영하는 가계는 어떻게 된 걸까.

내가 아버지의 유산으로 매년 사용할 수 있는 금액은 30금에 지나지 않는다. 모든 일에 검소하게 생활하지 않으면 어찌 현재와 같은 일을 할 수 있겠는가. 세간에서는 나를 부자인 양 오해하고 있으나 나의 본의는 아니다.

－『겸가당잡록(蒹葭堂雜錄)』

부자는커녕 '모든 일에 검소하게' 즉, 모든 일에 쓸데없는 것을 생략하고 절약에 늘 주의한 결과라고 이야기한다. 겐카도는 나니와의 합리주의의 본보기 같은 사람이었다.

겐카도의 문아

겐카도에 대해 다이텐은 다음과 같이 설명했다.

> 겐카도는 현자를 존중하였고 많은 사람들에게 사모를 받으면서도
> 조금도 경박한 것이 없었습니다. 최근에는 잠을 자면서도 여러분에
> 대한 생각을 지속하는 모습을 제가 곁에서 친하게 지내며 보아 알고
> 있습니다. 부디 이런 겐카도의 마음을 헤아려주십시오.

통신사 일행 중에도 정사 서기인 성대중이 '문아'한 인물이었기 때
문에 겐카도의 활동에 흥미를 가졌던 것 같다. 그러나 통신사는 여정
중에 자유롭게 행동하는 것이 불가능했기 때문에 겐카도회에 참석하
는 대신, 그 모습을 그림으로 그려줄 것을 겐카도에게 의뢰했다.

겐카도는 '조신사이(澄心齋)'라는 이름을 붙인 화실(畫室)을 꾸몄었
다는 미즈타 노리히사(水田紀久) 선생의 연구가 있다.[13] 문인에게 서
재는 따라다니는 것이지만, 겐카도는 화실까지 가지고 있었던 것이
다. 그림을 의뢰받은 겐카도는 어떤 그림을 그릴지 다이텐에게 상담
했다. 당시 다이텐은 이런 일의 적임자라고 할 수 있었다.

이렇게 만들어진 〈겸가아집도(蒹葭雅集圖)〉에 다이텐은 다음과 같
은 서를 붙였다.

---

[13] 미즈타 노리히사(水田紀久), 「기무라 겐카도의 아뜰리에(木村蒹葭堂のアトリエ)」,
『문예논총』 59, 2002.

겐카도회는 문학적인 모임이지만, 같은 문인이라고 해도 각각 뜻이 있고 삶의 방식이 다릅니다. 그럼에도 이렇게 화기애애한 모임을 즐길 수 있는 것은 조화와 의례를 존중하는 겐카도의 정신이 있기 때문입니다. 여기에는 일본 내의 사람들이 모이지만, 이번에는 조선통신사를 맞이해 마치 예부터 알았던 것처럼 깊이 친교를 맺었습니다.

귀국을 앞두고 성대중 군은 〈겸가아집도〉를 그려달라고 부탁했고, 모임의 구성원들에게는 찬시를 기록해줄 것을 부탁했습니다. 이것을 조선에 가지고 돌아가 만 리 너머를 여행한 기념으로 삼고 싶다고 했습니다.

이것은 성대중 군이 겐카도에게 찾아와 귀한 손님이 된 것과 마찬가지로, 겐카도에게도 해외로부터 손님을 맞이한 것이 됩니다.

이것은 전적으로 겐카도의 '화(和)'와 '예(禮)'의 정신에 의해 가능해진 것이지만, 그 전제로서 도쿠가와 막부에 의한 통신사 초대라는 국가적인 사업이 있었기에 비로소 '이역만리의 사귐'이 성립된 것입니다.

문인이 '문(文)'으로서 모이는 것은 당연한 일이지만, 겐카도에서는 더욱이 당주(堂主)가 겸비하고 있던 '화'와 '예'의 정신에 의해 이상적인 집단이 전국 규모로 성립되었다. 마침 그곳에 조선통신사가 방문했기 때문에 교류는 일거에 바다를 넘어 넓혀졌다. 이 획기적인 일을 다이텐은 대놓고 칭송하지 않고, 통신사 방문이라는 국가적인 행사가 있었기에 겐카도의 아교(雅交)도 가능했다고 냉정하게 포착하고 있다. 이른바 '도쿠가와의 평화'가 문아(文雅)의 사귐의 전제라는 것이다.

후일담이지만 성대중은 이 그림을 한양에 가지고 돌아가 소중히

간직했다. 벗인 이덕무(李德懋, 1741~1793)가 성대중에게 보낸 서신에
는 다음과 같이 적혀 있다.

> 매일같이 궁중에서 근무하며, 평안히 지내고 계십니까. 헌데 〈겸가
> 아집도〉와 〈일백단팔도(一百單八圖)〉 2폭을 지금 보고 계십니까. 가
> 능하다면 좀 빌려볼 수 없겠습니까? 천하의 보물이자 천고의 절승이
> 니, 잘 아는 사람과 함께 감상하고 싶습니다. 잠깐 보고 바로 돌려드
> 리겠습니다.
>
> ─『청장관전서(靑莊館全書)』16[14]

성대중은 1753년 계유년에 소과에 급제했고, 1756년에는 고급 관
료의 등용문인 '정시(庭試) 별시(別試) 제6인'에 선발된 뒤, 성균관전적
(成均館典籍, 정6품)·승문원교검(承文院校檢, 정6품)·교서관교리(校書
館校理, 종5품) 등을 역임했다. 모두 제22대 임금 정조의 두터운 신임
을 얻었음을 보여주는 것이었다. 궁중에서 근무하게 된 것은 이러한
사정을 잘 보여준다.

다이텐이 전한 것에 따르면, 겐카도는 성대중을 위한 〈겸가아집
도〉와 함께 〈낭화춘효도(浪華春曉圖)〉를 그렸던 것 같다. 〈일백단팔
도(一百單八圖)〉는 아마도 이 그림일 것이다. 이것으로 겐카도의 그림
이 성대중의 벗들 사이에서 '천하의 보물' 또는 '천고의 절승', 즉 영원
히 전해질 걸작이라고 높이 평가되었던 것을 알 수 있다.

---

14 이하 한국 문헌은 『한국문집총간』(서울: 민족문화추진회)에 의거한다.

또 성대중의 아들인 성해응(成海應, 1760~1839)의 「겸가당아집도에
제하다(題兼葭堂雅集圖)」에는 다음과 같은 기록이 있다.

　　건물은 소쇄하고, 꽃과 나무가 아름답게 빛나며, 시냇가에는 돛대
　　가 갈대 사이로 나타났다 숨습니다. 진실로 유연한 풍경으로, 황대치
　　(黃大癡)가 그린 그림과 유사합니다. 지쿠조(竺常)의 후서 또한 깔끔
　　하고 훌륭한 명문입니다.
　　　　　　　　　　　　　　　－『연경재전집(研經齋全集)』 속집 16

　'황대치'는 원말사대가(元末四大家) 중 한 사람인 황공망(黃公望,
1269~1354)으로 그의 그림은 문인화의 본보기로 여겨진다.
　'지쿠조(竺常)'는 다이텐의 별칭이다. 다이텐의 이름은 '겐조(顯常)'
라고 하는데, 약칭해서 '조(常)' 한 글자를 사용할 때 '지쿠(竺)' 자를
앞에 붙인 것이다. 참고로 다이텐의 자는 바이소(梅莊), 호는 쇼추(蕉
中)·다이텐(大典)이다. 실명(室名)을 쇼운세이(小雲棲)라고 한 것은 성
대중이 이 글자를 써주었던 것에 기초한다.
　황공망 풍의 아치를 품고 있다는 겐카도의 그림이 지금도 어디엔가
전해지고 있다면 꼭 한번 찾아보고 싶다.[15]

15　저자의 말 : 이 그림은 2009년 이 장의 일본판 책을 집필한 이후의 어느 가을에
　　한국 국립중앙박물관에서 관람한 적이 있다. 더불어 조희룡의 〈매화서옥도(梅花書
　　屋圖)〉도 관람할 수 있어서 기뻤던 기억이 난다. 이 그림과 관련된 내용은 서문과
　　이 책 3장의 「겐카도가 짜고, 김정희가 맺은 꿈 －동아시아 문인 사회의 성립－」을
　　참조하길 바란다.

다이텐의 문사(文事)와 정사(政事)

다이텐이 통신사를 처음으로 만났을 때에 이역의 문인과 필담한 감동을 절구 2수로 그려내어 추월과 성대중에게 보냈다. 시를 받은 성대중은,

> 시격은 말할 것도 없이 좋고 필법도 매우 우수한데, 내용이 무엇보다 훌륭합니다.

라고 찬미했다.

이때 다이텐은 문학에 관련된 일뿐만 아니라, 정치에 관련된 일로 성대중에게 질문했다.

> 귀국은 중국에 매년 사절을 보내고 있습니까?

성대중이 '동지 무렵 사절을 보내는 것을 정례로 하고 있다'고 답하자, 다이텐은 이렇게 일본에 사신을 보내는 것도 중국이 알고 있는지 물었고, 그렇다는 대답을 얻자 또 다음과 같이 질문하였다.

> 아마도 중국에서는 하나하나 우리나라의 일을 물어보겠지요. 이것은 승려[桑門]인 제가 관여할 일은 아닙니다만 다소 궁금합니다.

원문의 '상문(桑門)'은 사문(沙門)과 마찬가지로 승려를 말한다.

연행사가 조선과 도쿠가와 막부의 외교 관계를 비롯해 일본의 국정 등까지의 내용을 중국에 전하고 있는지의 여부를 다이텐은 궁금하게

여겼다. 이에 대해 성대중은 그저 웃으며 고개를 끄덕여 보였다고
한다. 정보는 누설되기 쉬운 것이었다.

다이텐은 불자면서도 이처럼 정치에도 예사롭지 않은 관심을 가지
고 있었는데, 이것은 성대중에게 과거제에 대해 질문한 것으로도 알
수 있다. 당시 일본으로서는 필요 없는 제도였지만 장래에 무슨 일이
일어날지 모르기 때문에 용의주도하게도 알아두고자 하려는 생각에
이런 질문이 있었을 것으로 보인다.

살인사건

그런데 7일에 다이텐이 객관에서 나간 후 최천종(崔天宗) 살인 사건
때문에 관내는 출입금지가 되었다. 어쩔 수 없이 겐카도의 집에 머물
고 있었는데 시에(紫衣) 문하의 인물은 특별히 관내 출입이 가능하다
는 알림이 있었다. '시에'란 고승에게 주어지는 자색의 가사인데, 여기
에서는 조선수문직(朝鮮修文職)에 임명된 승려를 말한다. 조선수문직
은 조선과의 외교문서를 취급하는 일을 임무로 삼은 이들을 말한다.

참고로 다이텐도 이후 이 역할로 취임하여 쓰시마의 이테이안(以酊
庵)에 부임했는데, 이때는 잠시 승적을 벗어나 있었다. 선인들이 다이
텐에게 당신도 그 명부에 이름을 올리고 객관을 방문하면 통신사 사
행원들이 기뻐할 것이라고 이야기한 적이 있다.

그날 밤 어스름한 시간에 도훈도 최천종은 쓰시마 번사(藩士)인 스
즈키 덴조(鈴木傳藏)에게 오사카의 숙사에서 살해당했다. 통신사의
일원이 하필이면 접대역인 쓰시마 번사에게 살해당한 이 사건은 세간

의 이목을 집중시켰다.

우에다 아키나리(上田秋成, 1734~1809)도 가담항설을 다음과 같이
기록해 두었다.

스즈키 덴조라는 쓰시마인이 한인을 살해해서 큰 소동이 있었다.
(중략) 스즈키 덴조가 끌려갔을 때 거리마다 볼거리가 많이 있었는데,
신마치(新町)의 서쪽 입구쯤에서 여자들이 가득 서서는 '저기 저기
당인(唐人) 살인마가 왔다'고 이야기하기에 수레를 봤더니, 미남이
안에 있기에 '저 사람이라고? 저런 사람이 무슨 살인마야. 공권력은
무자비하구만'이라고 말하더란다.

－『담대소심록(膽大小心錄)』62

'신마치'는 오사카 요시하라(吉原)인 듯한데 나카무라 유키히코(中
村幸彦) 선생은 실제로 이곳에는 통행이 없었다고 기록하고 있다.[16]
이처럼 반드시 정확한 정보는 아닐 듯하지만, 거리의 분위기를 절취
하는 방식은 역시 나니와 출신만이 할 수 있는 것이었다. 전해들은
이야기를 통해 훌륭히 막부의 정치를 비판하고 있을 뿐 아니라, 예리
하게 세태의 일면에 대하여 눈길을 보내고 있기 때문이다.

그러나 두말할 것 없이 통신사에게는 중대한 사건이었다. 사건이
해결될 때까지 오사카를 떠날 수 없었기 때문에 겐카도 그룹과도 간
접적이나마 교류를 지속할 수 있었다. 물론 사건의 여파로 시문 창수

---

16 나카무라 유키히코(中村幸彦), 『우에다 아키나리 문집(上田秋成集)』, 일본고전문
학대계 56, 1959.

등은 중지되었다.

다이텐이 그 후 객관을 찾은 것은 2주가량 뒤인 20일이었다. 이 방문을 성대중이 얼마나 기다렸는지는 다음 기록을 통해 알 수 있다.

> 이런 때에 잘 오셨습니다. 막 뵙고 싶다고 생각하던 참이었습니다. 어떤 행운의 바람이 불어 당신을 여기까지 데려왔을까요. 겐카도는 건강하십니까? 호소아이 도난(細合斗南)이나 후쿠하라 쇼메이(福原承明) 등과도 함께 행동하고 있습니까?

다이텐은 겐카도에 체류하면서 늘 통신사를 화제로 삼았다고 전해진다. 다이텐이 자신은 승려이기 때문에 간신히 면회가 가능했다는 것을 설명하자 성대중은 '안성맞춤으로 검게 물든 옷이군요'라고 응했다.

다이텐이 말을 이어,

> 오늘 이렇게 만나 뵐 수 있었던 것은 하늘이 도운 것이라고 할 수 있겠지요. 겐카도의 정신도 또한 저와 함께 여기에 와 있습니다.

라고 하자, 성대중은 겐카도에게 의뢰한 〈낭화춘효도〉, 〈겸가아집도〉의 진행 상황을 물었다. 그리고 다이텐에게 잠시 시에칸(紫衣館)에 머무르며 방문해줄 것을 권했다. 그러나 다이텐은 그것은 어렵다고 말하고 일단 교토에 돌아갔다가 다시 돌아오는 것으로 했다.

21일 교토에 돌아간 뒤, 27일 다이텐은 살인사건의 범인에 대해 추월과 현천에게 편지를 썼으며, 5월 4일 통신사가 나니와를 출발한다는 것을 듣고, 2일 저녁 교토를 떠나 오사카를 향했다. 3일 아침에

도착했으나 사정이 있어 오후 3시쯤에나 겨우 추월 등과 면회할 수
있었고, 손을 맞잡고 재회를 기뻐했다.

성대중에게서 '스즈키 덴조의 일을 기록한' 문장[17]이 솜씨가 좋으니
『사기(史記)』나『한서(漢書)』의 문체에 육박한다는 이야기를 듣고는
감사 인사를 받은 것이 특필되어 있다.

성대중은 또 이렇게 서술했다.

> 나는 지쿠젠(筑前)에서 가메이 난메이와 만나 겐카도나 호소아이
> 한사이(細合半齋)에 대해서는 들어서 알고 있었지만 당신과 같은 인
> 물과 귀국 전에 간신히 만날 수 있어서 기뻤습니다. 그러던 찰나, 불
> 행히도 살인사건이 일어나 천천히 이야기할 시간도 없었습니다. 아름
> 다운 선비를 알게 되는 것은 쉽지만, 좋은 때에 만나는 것이 얼마나
> 어려운 일인지 통감할 수 있었습니다. 만 리의 파도를 넘어 귀국한
> 뒤에도 당신에 대해 잊지 않겠습니다.

'호소아이 한사이(細合半齋, 1727~1803)'는 달리 고레이오(合麗王)라
고도 불렸고, 성대중에게 '북두이남(北斗以南)의 1인'이라고 평가받은
후 '도난(斗南)'으로 호를 삼았다.

일본 한문의 지역성

이렇게 점차 친밀감이 증가해서인지 성대중은 일본 한문에 붙어있

는 가에리텐(返り點)이나 오쿠리가나(送り假名)에 대해서 다음과 같은
질문을 했다.

> 귀국의 서책을 보면 문자 옆에 '역음(譯音)'의 주기가 붙어있는데,
> 이것은 일본에서만 통용되는 방법으로, 만국에서 통용되는 법이라고
> 는 할 수 없습니다. 다만 오규 소라이(荻生徂徠)의 책에는 가에리텐이
> 없는데 이것을 보아도 오규 소라이가 호걸의 선비라는 것을 알 수
> 있습니다.

이에 대해서 다이텐은 가에리텐은 초학자용이라서 부끄럽다며 변
명을 했다. 한문 직독(直讀)을 주창하는 스승의 설을 따라 오규 소라
이(1666~1728) 사후 제자들이 편집한 『조래집(徂徠集)』은 훈점 없이
백문으로 되어 있다. 이것을 성대중은 '만국에서 통용되는 법'이라는
관점에서 평가했던 것이다.

참고로 오규 소라이의 고문사에 비판적이었던 다자이 슌다이(太宰
春臺, 1680~1747)의 문집 『자지원고(紫芝園稿)』도 백문이다.

성대중의 일본 인상

성대중은 일본에서의 견문을 다음과 같이 정리하고 있다.

> 나는 일본을 방문한 이후, 많은 산수를 보고 많은 승려들과 만났으
> 나, 도모노우라(鞆の浦)의 후쿠젠루(福禪樓)가 제일의 해산(海山)이
> 요, 보코테이(望湖亭)가 제일의 호산(湖山)이요, 세이켄지(淸見寺)가

다이초루(對潮樓)[18]

현판 일동제일형승(日東第一形勝)[19]

제일의 명찰이요, 후지산(富士山)이 제일의 명산이요, 당신이 제일의
선자(禪者)입니다.

'선자(禪者)'는 승려이다. '후쿠젠루'는 히로시마현 후쿠야마시 도
모노우라에 있는 후쿠젠지(福禪寺)의 다이초루(對潮樓)로, 통신사는
이곳을 숙소로 이용하였다. 주위에는 센스이지마(仙醉島)나 벤텐지마
(弁天島) 등의 경승지가 점점이 있다. 1711년도 통신사[20]의 종사관 이
방언(李邦彦)이 '일동 제일의 경치(日東第一形勝)'라고 절찬했고, 이 글
자를 편액으로 남겨 아직까지도 다이초루에 걸려있다.

보코테이(안도 히로시게(安藤廣重)
『목증해도육십구차(木曾海道六拾九次)』도쿄국립박물관 소장)

'보코테이'는 나카센도(中山
道)의 스리바리토게(摺針峠)에
서 비와코(琵琶湖)를 내려다보
는 장소에 있었다. '세이켄지'
는 시즈오카시에 있는 임제종
사원으로 통신사가 휘호한 편
액이 많이 있다. 성대중과 같
은 사행 때의 화원 김유성(金

---

18 『세토나이의 고향 – 도모노우라 –(瀬戸内のふるさと―鞆の浦―)』, 도쿠나가 요시
히코 사진집(德永善彦寫眞集), BeeBooks, 2001.

19 1711년도 통신사행의 종사관 이방언(李邦彦)의 필적이다. 사진자료 : 국사적 후쿠젠
지 다이초루(國史跡福禪寺對潮樓) 홈페이지 "http://ww7.enjoy.ne.jp/~taichorou/
file1/newpage4.html"

20 1711년도의 통신사행은 8차 통신사행으로 한국에서는 신묘(辛卯) 통신사, 일본에서
는 쇼토쿠(正德) 통신사라고 한다.

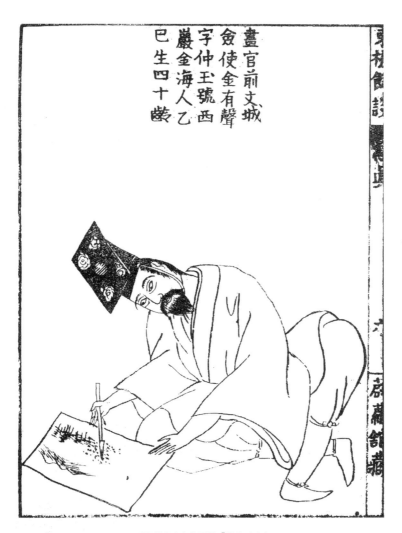

김유성 (미야세 류몬 『동사여담』)

외부에서 바라본 세이켄지(탁승규 씨 제공)

해동명구(東海名區)(탁승규 씨 제공)[21]

경요세계(瓊瑤世界) 현판(탁승규 씨 제공)[22]

有聲, 1725~?)이 그린 〈산수화조도병풍(山水花鳥圖屛風)〉도 이곳에 소장되어 있다.

후지산은 말할 것도 없었다. 그리고 마지막에는 다이텐이 일본 제일의 승려라고 이야기하고 있다. 그러나 앞서 인용한 우에다 아키나리와 같이 다이텐에 대해 '야승(野僧)'이라고 부르며 '벗으로서 왕래하기에 격이 떨어진다'(『담대소심록』 129)는 쓴 소리를 남긴 사람도 있으니 인간관계는 정말 복잡 미묘하다.

오사카의 번화

오사카의 번화는 통신사에게 있어서도 경이로움이었다. 사행원 중한 명인 종사관 서기 김인겸(金仁謙, 1707~1772)의 『일동장유가(日東壯遊歌)』에도

천하가 넓다고 해도 이러한 광경을 또 어디에서나 볼 수 있을까.
(중략) 중원(중국)의 장려함도 이 땅에는 미치지 못한다 하네.
    ―『일동장유가 ― 한글로 지은 조선통신사의 기록』[23]

---

21 세이켄지 총문(總門)의 현판으로 1711년 통신사행 당시 상통사 현덕윤(玄德潤)의 필적이다.
22 세이켄지 종루(鍾樓)의 현판으로 1643년 사행에 독축관(讀祝官)으로 참여한 박안기(朴安期)의 필적이다.
23 다카시마 가즈아키(高島淑郎) 역주, 『일동장유가―한글로 지은 조선통신사의 기록(日東壯遊歌―ハングルでつづる朝鮮通信使の記録)』, 헤이본샤(平凡社), 1999.

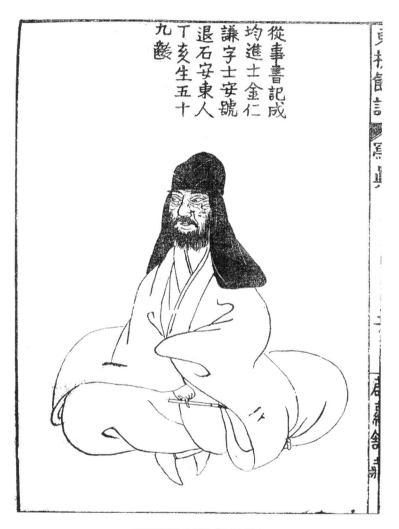

김인겸 (미야세 류몬 『동사여담』)

라고 기록되어 있을 정도이다. 성대중은 다음과 같이 물었다.

> 도쿠가와(德川)와 도요토미(豊臣)의 전쟁[24]으로 오사카는 쓸모없
> 는 산이 되었는데, 언제 이렇게 번화한 거리로 부흥한 것입니까?

다이텐이 답했다.

> 분명히 오사카가 전장이 되기는 했지만, 모든 곳이 쓸모없어 지지
> 는 않았습니다. 더욱이 이곳은 최대의 도회지입니다. 전국에서 물자
> 가 모여 이렇게 번성했습니다. 지금은 옛날의 배가 되는 형세이지만,
> 속된 곳이기에 겐카도와 같이 풍류를 즐기는 사람은 많지 않습니다.

겐카도의 장서

성대중은 드디어 핵심적인 질문으로 이동한다.

> 듣자하니 겐카도는 술을 팔아서 책을 사고 정리해 집 안에 책이
> 넘친다고 하지 않습니까. 이는 실로 기특한 일로, 나니와는 이 겐카도
> 덕분에 가치가 높아지고 있습니다.

그러자 다이텐이,

---

24 도쿠가와(德川)와 도요토미(豊臣)의 전쟁 : 1615년 여름 오사카에서 도쿠가와 이에
야스(德川家康)의 에도막부 군대가 도요토미 가문 군을 공격하여 오사카성을 함락
시킨 전투를 말한다. 오사카 여름 전투라고도 부른다.

　　겐카도 한 사람뿐 아니라, 그 시사 안에는 풍류를 즐기는 선비(士)
가 많습니다. 가타야마 홋카이가 학술에서 으뜸이라, 겐카도 등은 모
두 이분을 따라 배우고 있습니다.

라고 설명하고, 어째서 겐카도와 같은 인물이 나니와 땅에 나타났는
지 그 내막을 밝혔다. 이 경우 '학술에서 으뜸'이라는 것이 특히 중요
하다. 학문과 행실이 모두 신뢰할 수 있다는 것이야 말로 가타야마
홋카이의 훌륭함이다.

　　이 가타야마 홋카이를 사사한 라이 슌스이(賴春水)가 전하는 에피
소드 중 하나로, 젊은 라이 슌스이를 제자 취급하지 않고 벗으로서
대했다는 일화가 있다. 이에 대해 라이 슌스이는 이후,

　　자신의 미숙함을 부끄러워하며, 그저 스승의 뜻과 명령을 따라 섬
　길 뿐이다.

—『재진기사(在津紀事)』상

이라는 기록을 남겼다. 전혀 잘난 체하지 않는 가타야마 홋카이의
태도에 라이 슌스이는 죄송스러워 하면서 과분하다는 생각으로 가르
침을 따랐다. 좋은 교육이란 이렇게 하지 않으면 안 된다고 마음속
깊이 깨달음을 주는 이야기이다. 이 모임은 또한

　　사우(社友)들 서로 만나니 사귐 더욱 친밀해지네.

— 앞의 책

라는 식으로 이야기되듯, 친밀해져서 언제나 봄바람을 맞이하는 듯이 안배되었다.

　이러한 중에 겐카도는 상인이면서 많은 책을 쌓아놓고 있었다. 상인이 장서가라는 것은 조선의 지식인에게는 상상할 수 없는 것이었다. 지식인이 상행위를 한다는 발상도 없었다. 그런데 오사카 상인 중에는 지식인이 몇 명 있었다. 그러한 점에서 다이텐의 「겐카도의 장서에 대한 서」는 감동적이다.

> 　맛있는 음식이나 아름다운 옷은 부자를 위한 것으로 재력만 있다면 손에 넣는 것이 가능하다. 책은 학자에게 있어서 없어서는 안 될 것이지만 가난한 학자는 손에 넣을 수 없다. 맛있는 음식이나 옷은 눈에 보이지만 자신을 위해서만 사용할 수 있다. 책은 마음에 작용하므로 자타 구분 없이 이용할 수 있다.
>
> 　겐카도는 맛있는 음식이나 아름다운 의복에 관심이 없고, 학자의 기쁨을 자신의 가쁨으로 삼아 더욱더 장서에 힘쓰고 있다. 또 겐카도는 태어날 때부터 공손하고 검소하여 현자의 예를 다하였고, 범애(汎愛)를 실행하여 다른 이에게는 관용으로써 대한다. 자신의 장서를 다른 이들에게 보여주면서도 싫은 표정 한번 짓지 않는다. 자신의 인격 형성과 함께 다른 이의 인격 형성도 동시에 가능하게 하는 것이다. 사문(斯文)에의 공헌은 절대적이라고 말할 수 있다.
>
> 　　　　　　　　　　　　　　　　　　　　　－『소운서고(小雲棲稿)』 7

　'사문(斯文)'은 학문 중에서도 특히 유학을 지칭한다. 겐카도는 이렇게 학문, 유학을 위해 다대한 공헌을 했다. 이러한 삶의 방식이 통신사의 눈에 신선하게, 게다가 매력적으로 비춰졌던 것은 말할 것도 없다.

이별의 전야

짧은 시간이었지만 이만큼 친교가 깊어지자 이별이 더욱 괴로워졌다. 다이텐이 성대중에게 보낸 서간 중에는 다음과 같은 구절이 있다.

> 나는 통신사 중에서 당신과 가장 먼저 알게 되었지만 그것도 불과 1개월 정도의 일입니다. 살인사건도 일어나 실제로 만난 것은 1주일도 되지 않는 짧은 기간입니다. 진심으로 하룻밤의 꿈과 같이 무상합니다. 흔히 만나면 헤어지는 것이 이렇게 괴로우니 만나지 않는 것이 좋았을 것이라고 말하는데, 이 말이 마치 제 마음과 같습니다.
> ─「조선의 성사집에게 주다(與朝鮮成士執)」, 『소운서고』 12

합산해도 일주일을 채우지 못하는 만남임에도 불구하고 두 사람의 친교는 앞서 본 것과 같았다.

이러한 일도 있었다. 성대중이 야쿠주(藥樹)를 향해 당신들, 즉 다이텐과 야쿠주 두 사람을 동반해 귀국할 수 없는 것이 유감이라고 한 말을 들은 다이텐이 다음과 같이 대답했다.

> 저는 승려이니 구름이 흘러가듯 어디에 살든 자유로운 몸입니다. 양친께서도 이미 돌아가셨고 대신 성묘해 줄 형제도 있으니, 길만 있다면 따라 가고 싶을 정도입니다.

성대중에게 기증한 인장(아마가사키시 교육위원회(尼崎市敎育委員會) 소장)[25]

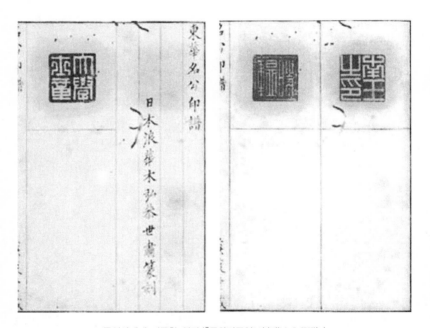

통신사에게 기증한 인장(『동화명공인보(東華名公印譜)』)

---

25 관련된 설명은 아마가사키시 교육위원회(尼崎市敎育委員會) 홈페이지에서 확인할
수 있다. "http://www.city.amagasaki.hyogo.jp/bunkazai/siryou/tusinsi/pres
ent_seals/present_seals.html"

그러나 성대중이,

> 막부의 규칙으로 출국은 어렵겠지요. 아베 나카마로(阿倍仲麻呂, 698~770)는 어떻게 중국까지 간 것입니까? 사람이 하고자 원하는 것은 반드시 하늘도 그것을 추인하는 법인데, 출국시키지 않는다는 도리가 있을 리는 없겠지요.

이 말을 들은 다이텐은 또 "험한 산이나 강이라면 넘어보기도 하겠지만, 국가가 금한 제도는 어길 수가 없습니다. 자유롭게 하늘을 날 수 없는 것이 아쉽습니다."라며 유감스러워 했다.

이때까지 침착하고 냉정하던 두 사람이 여기에서는 의외로 흐트러진 듯하다. 5월 5일 저녁, 출발 전날에 이미 이러한 상태였다.

그날 밤 다이텐은 겐카도의 집의 머무르며 살인사건의 전말을 기록한 「덴조의 기록(傳藏の記)」을 밤을 새워가며 집필했다. 야쿠주나 겐카도도 또한 성대중에게 보낼 도장을 새기느라 눈 붙일 틈도 없었다.

이별의 아침

하룻밤이 지나고 드디어 이별하는 날의 아침이 되었다. 성대중의 일기에는 '새벽 비도 곧 멈추었다'라고 기록되어 있는데, 성대중이 빗소리에 잠이 깬 것일지도 모른다.

그날 다이텐의 일정은 다음과 같았다.

> 6일 오전 9시가 넘어 나는 가타야마 홋카이·호소아이 한사이·기무

조화산 (미야세 류몬 『동사여담』)

라 겐카도·야쿠주 등과 사카이스지(堺筋) 거리에 가서 가게 앞을 빌려 각각 토산물이나 증별시를 들고 기다리고 있었다. 이윽고 점심 무렵이 되자 행렬이 보이기 시작했다.

안면이 있는 이는 인사하고 통과했다. 먼저 조화산(趙花山)[26]이 말을 타고 나타났는데 떠나기 어려워하는 모습으로 가슴 속에서 종이봉투를 꺼내 내 앞으로 던지고는 뒤돌아보며 떠나갔다. 열어 보니 "서암(西巖)에게 그림을 그려줄 것을 의뢰하셨었는데, 워낙 바빠서 약속을 지키지 못하고, 대신 제가 졸필이나마 대필했습니다. 백지 그대로를 돌려보내는 것이 나았을지도 모르겠습니다."라고 적혀있었다.

'조화산'은 정사 반인으로 다이텐은 이 사람을 통해 '서암' 즉 화원 김유성에게 그림을 의뢰했었다. 그런데 그것이 무리였기 때문에 조화산이 대신 글씨를 써주어 책임을 다한 것이다.

다음으로 나타난 유달원(柳達源)[27]은 말에서 내리려 했으나 내릴 수 없어 손바닥에 '슬픕니다(悵)'라고 적은 채 맥없이 지나갔다. 그 모습을 보고는 이래서는 이별을 애석해하는 것도 어려울 것 같다며 일동 낙담했다.

유달원은 군관의 우두머리였던 인물로 말에서 내리려 했으나 내리지 못하고 간신히 손바닥에 '슬프다(悵)'는, 즉 안타깝다는 의미의 글

---

26 조화산(趙花山) : 정사의 반인인 조동관(趙東觀)이다. 화산(花山)은 그의 호이다.
27 유달원(柳達源) : 정사 군관 유달원은 전직 상주(尙州) 영장(營將)인데, 이때 34세였다.

유달원(니야마 다이호 외, 『한객인상필화(韓客人相筆話)』)

자를 적어 마음을 전했다.

이 기세라면 추월이 와도 손을 맞잡고 이별하는 것은 불가능하다고 서로 이야기하고 있었는데, 삼사의 가마에 이어 등장한 것이 바로 추월 등이었다.

우선 퇴석(退石)[28]이 재빨리 말에서 내려 다가왔고 이어서 추월·현천·모암(慕庵)[29]이 함께 우리들 앞으로 다가왔다. 마지막으로 성대중이 도착할 즈음, 말이 놀라 날뛰었고 갓의 상단부가 처마에 닿아 까딱하면 낙마할 뻔하는 상황에서도 성대중은 안색 하나 변하지 않고 차분히 하마했으므로, 그 아량에 감동했다.

이렇게 5인의 사행원들과 손을 맞잡고 이별을 아쉬워했는데, 애석하게도 언어가 통하지 않아 단지 '아아(啞啞)'라고만 할 뿐이었다. 그러나 이별의 선물을 건네거나 또는 악수하는 것으로 말은 통하지 않더라도 마음은 충분히 전했다.

물론 언제까지 이별을 아쉬워할 수만은 없었기에 일행은 돌연 떠나갔다. 나와 야쿠주는 무의식중에 배웅을 위해 일어섰고, 추월도 또한 뒤돌아보면서 떠나갔다. 떠나는 뒷모습을 보니 눈물이 흘러넘쳤다.

이후 편지 교환도 그다지 하지 못했다.

'삼사(三使)'란 정사·부사·종사관 3인을 말한다.

길거리에서는 필담도 할 수 없었고 사람들은 단지 '아아' 하고 소리

---

28 퇴석(退石) : 서기 김인겸(金仁謙)의 호로 자는 사안(士安)이다.
29 모암(慕庵) : 양의(良醫) 이좌국(李佐國)의 호로, 자는 성보(聖甫)이다. 이때 31세였다.

낼 뿐이었다. 안타까운 생각도 들지만 이심전심으로 서로에게 이별을 애석해하는 기분은 충분히 전해졌다. 배웅하며 배웅 받으며 눈물을 흘린 것은 다이텐과 일본인뿐이 아니었던 것 같다.

2. 북학파

통신사와 연행사

성대중의 문집 『청성집(靑城集)』에 「김양허의 항사첩에 쓰다(書金養虛杭士帖)」라고 제목한 문장이 있다. '항사(杭士)'란 중국 항주(杭州)의 선비라는 의미이다.

김양허의 이름은 재행(在行), 자는 평중(平仲)으로, 1765년 연행사(燕行使)를 따라 담헌(湛軒) 홍대용(洪大容, 1731~1783)과 함께 중국에 갔던 인물이다. 물론 아무런 목적 없이 산수유람을 하러 간 것은 아니었다. 예를 들어, 『담헌서(湛軒書)』 내집 권4에 수록되어 있는 『의산문답(醫山問答)』에

> 허자(虛子)는 은거해 독서하기를 30년. 천지의 변화나 성명의 미묘함, 오행의 근본을 궁구하여 인간의 도리(人道) · 사물의 이치(物理)에 통달했는데, 비로소 사람들과 이야기하게 되자 주변 사람들은 바보라고 비웃을 뿐이었다.
> 그래서 그다지 아는 것이 없는 사람과는 함께 대(大)를 이야기할 수 없다고 하고, 서쪽으로 연도(燕都, 북경)에 갔는데, 과연 그곳에서

도 이야기 나눌만한 인물은 보이지 않았다.

라고 쓴 것처럼, 그들은 명확한 목표를 가지고 북경에 나섰다. 그곳
에서 때마침 과거시험을 치르기 위해 항주에서 북경에 와 있던 육비
(陸飛)·엄성(嚴誠)·반정균(潘庭筠) 3인을 유리창(琉璃廠)에서 만나 의
기투합했다. 유리창은 문인·묵객이 모이는 서점가였다. 인물을 간
단히 소개해둔다.

육비는 자가 기잠(起潛), 호가 소음(筱飮) 또는 자도항(自度航)으로
건륭 연간(1736~1795)의 해원(解元)이었다. '해원'이란 과거시험 중 지
방에서 치르는 시험인 향시(鄕試)의 수석 급제자를 말한다. 『소음집
(筱飮集)』이라는 저서가 있다.

엄성은 자가 입암(立庵), 호가 철교(鐵橋)·역암(力闇)으로, 건륭 연
간의 거인(擧人)이다. 시화에 능했다. '거인'이란 향시에 합격하여 진
사과 수험자격을 얻은 사람을 말한다. 후술하겠지만 요절하였으며
『철교유집(鐵橋遺集)』이 편찬되었다.

반정균은 자가 난공(蘭公), 호가 덕원(德園)으로 건륭 연간에 과거
에 합격한 진사이다. 3인 모두 청나라의 엘리트 중에서도 핵심 인물
이었다.

「항사첩(杭士帖)」이란 소위 교우록(交友錄)으로 이에 대해 성대중은
이렇게 적고 있다.

중주(中州)의 인물은 의기(意氣)를 중시해서, 의기가 투합하면 친
하고 소원함 혹은 신분의 고하를 막론하고 벗이 되어 평생토록 그

우정이 변하지 않는다. 이것이 중주가 대국인 이유이다.

　나는 일찍이 일본에 다녀온 적이 있다. 일본인도 벗을 소중히 하고 신의를 중시한다. 이별할 무렵에는 일부러 숙박까지 하면서 배웅하고 눈물을 흘리며 이별을 아쉬워했다. 대체 누가 일본인을 교활하다고 하는가? 나는 그러한 성실함에 있어서 오히려 일본인에게 미치지 못하는 것을 부끄럽게 생각한다. 더욱이 중주에 대해서는 말할 것도 없다.

─「김양허의 항사첩에 쓰다」, 『청성집』

　긴 글이니 우선 여기에서 끊어보자. '중주(中州)' 즉 중국이 '대국'인 까닭은 그곳에 신의를 소중히 하는 사람들이 있기 때문이라고 하는 것은 획기적인 발상이다. 예를 들어, 『맹자(孟子)』 「만장(萬章)」편에는 '대국의 땅은 사방이 백 리'인 데 비해 '소국은 사방 오십 리'라고 기록했다. 그러나 성대중에게 이야기해 보라고 하면, "물리적인 크기는 문제가 되지 않는다. 그보다도 우정을 소중히 하여 약속을 지키고, 이별에 임해서 '체읍범란(涕泣汎瀾)', 즉 눈물이 흘러서 멈추지 않을 정도로 인간관계가 깊은 편이 훨씬 중요하다"고 할 것이다. 실제로 성대중은 오사카에서 이것을 목격했다.

　16세기 왜구와 도요토미 히데요시(豊臣秀吉)의 침략에 의해 조선에서 일본의 평판은 바닥으로 떨어졌고, 여전히 일본에 대한 시선이 곱지 않은 시대에 감히 '일본인이 교활하지 않다'고 말하는 것은 용기 있는 발언이었다. 오사카에서의 이별 장면에 대한 인상은 이처럼 일본관을 변화시켰다.

　인용문을 이어가보자.

김양허와 홍담헌은 육비·엄성·반정균과 만났고, 이 3인은 양허와 담헌 둘의 초상화를 그려 소중히 간직했으며, 귀국 후에도 편지 왕래를 지속했다. 반·육 두 사람은 과거에 합격했으나 엄성은 요절했는데, 임종 시에는 두 사람의 초상화를 꺼내어 이별을 고하듯 그 앞에서 소리 높여 눈물을 흘리며 숨을 거뒀다. 그 후로 연행사가 중국을 방문해 반정균과 만나면, 반드시 두 사람의 일이 화제가 되었다.

홍담헌은 재능도 집안도 나무랄 데 없었으나 김양허는 가난한 선비였다. 품격은 출중했으나 뜻을 얻지 못해 시와 술의 세계에 침잠했기에 후배들이 우습게보았다. 그런데 같은 인물이 중국에서는 중시되어 그 죽음에 임해서도 잊을 수 없는 존재가 되었다. 대국 사람이 아니라면 어찌 이러한 것이 가능하겠는가.

—『청성집』 8

김양허에 대한 성대중의 생각에는 집안이나 신분 등 본인의 노력으로는 어찌할 수 없는 조건에 의해 인생이 좌우되는 부조리에 대한 반발이 포함되어 있다. 간접적으로 들어 알게 된 중국인들의 '의기'를 중시하여 인격을 평가하는 자세가 성대중으로 하여금 이러한 생각을 강하게 만든 것이 분명하다.

넓은 의미에서의 '중국 체험'이 북학파의 사상적 기반이 되었다. 여기에는 성대중 자신이 직접 체험한 일본에서의 견문도 크게 관여하였을 것이다. 그리고 소중화의 한계를 '의기'를 중시하는 중국이 곧 대국이라는 설로 뛰어넘으려 한 것이 틀림없다.

홍대용의 경우

홍대용보다 6년 후배인 박지원(朴趾源, 1737~1805)은 「홍덕보 묘지명(洪德保墓誌銘)」에서 홍대용의 청나라 여정에 대해 다음과 같이 기록했다.

이 3인(육비·엄성·반정균)은 문장과 예술의 선비로, 교유하는 이들이 모두 해내(海內)에 이름을 알린 이들이다. 이것이 모두 홍대용이 대유(大儒)인 것을 확인시켜주어 경탄하게 한다. 남겨진 필담은 일만 자에 달했다. 이윽고 귀국할 무렵 '하루아침 이별하면 영원히 이별입니다. 다음에는 저 세상에서'라며 눈물을 흘리며 약속했다.

－「홍덕보 묘지명」, 『연암집(燕巖集)』 2

반정균을 통해 3인 중에 가장 친했던 엄성의 죽음을 들은 홍대용은 「애사(哀辭)」를 만들어 공통으로 아는 지인을 통해 전달했다. 이윽고 엄성의 유저인 『철교유집』이 돌고 돌아 9년 만에 도착한 것을 보았는데, 그 속에 엄성이 손수 그린 〈홍덕보 초상화〉도 포함되어 있었다.

반정균의 「담헌기(湛軒記)」에는 '중국의 기사(奇士)'를 찾으러 온 홍대용과 북경에서 만났을 때의 일이 다음과 같이 기록되어 있다.

엄성이 그려준
홍대용의 초상화

　나와 홍대용은 필담으로 자유롭게 이야기하며 군자의 교제를 실현했으니 실로 기이하다고 할 것이다. 홍군은 박문강기(博聞強記)하여 읽지 않은 책이 없다고 해도 좋을 정도이다. 그 범위도 역학·군사학·유학으로 넓고, 또 시문부터 기술까지 뭐든 못하는 것이 없는 만능인이다. 게다가 고도(古道)를 굳게 지켜서 유학자의 풍모가 있었다. 이러한 사람은 중국에도 찾아볼 수 없는데, 설마 진한(辰韓) 땅에 있을 줄이야! 의외이다. 자신의 취미를 살린 가택이 몇 채 있는데, 각(閣)이나 루(樓)에는 천문관측기나 시계 류가 구비되어 있었다.[30] 즐거움이 그 내부에 있어, 외부에서는 찾으려는 생각을 하지 않는다고 본인도 이야기한다.

　홍대용의 스승인 미호(渼湖) 선생이 그곳의 거실에 담헌(湛軒)이라는 편액을 걸어주었다고 한다. 홍대용이 그 뜻을 받아들여 담헌(湛軒)을 자(字)로 삼았다고 한다.[31] 「담헌기」 집필을 의뢰받은 나는 한번 홍대용의 집을 방문해보고 싶다고 생각했으나 만 리 밖의 일이기에 이룰 수 없다.

　이 인물에게 감복하였고 지관(池館)에 대한 뛰어난 아취도 이미 들었으니, 그 거실이 허백(虛白)한 것이 담헌이라는 자의 의미에 가까운 것은 분명하다. 만날 때마다 성명학을 강론함에 말이 크게 순정하여 또한 '담(湛)'이라는 글자의 뜻에 합치했다. 나는 글을 할 줄 모르나 군자의 도에 힘써 이 좋은 벗이 저버리는 일이 없도록 하고자 할 따름이다.

－『담헌서』 부록

30　홍대용이 세운 사설 천문관측소의 이름이 농수각(籠水閣)이다.

31　담헌은 홍대용의 호이고, 자는 덕보(德保)이니, 반정균이 착각한 듯하다.

홍대용의 '박문강기'는 중국의 지식인을 놀라게 하기에 충분했다. 홍대용은 미호(渼湖) 김원행(金元行, 1702~1772)에게 '육예(六藝)', 즉 고대의 예(禮)·악(樂)·사(射)·어(御)·서(書)·수(數)를 비롯해, 역(易)과 괘(卦)가 상징하는 형(形)과 육효(六爻)를 지닌 수리나 명물학, 음악사 등을 배웠다. 64괘를 구성하는 6개의 효(爻, ─은 양효·--은 음효)가 육효이다.

관가에서 일할 생각은 없었던 것 같으나 갑오년 봄(1774), 양양(襄陽)의 낙산사(洛山寺)에서 거문고를 켜고 있을 때 사자가 와서 선공감 감역(繕工監監役)으로 불려나간 뒤, 내외직을 두루 역임했다. 44세라는 늦은 나이에 처음으로 관료로서 나아가게 된 것이다.

담헌(湛軒)에서 '담(湛)'자의 뜻은 『설문해자(說文解字)』에 '몰(沒)'이라고 기록되어 있으므로 '가라앉다, 깊이 잠기다, 맑다'라고 이해할 수 있다.[32] 홍대용의 서재 이름에 고요함을 담은 맑은 공기만큼 어울리는 것은 없을 것이다.

뜻밖의 일화

이상과 같은 경력 외에도 사촌동생 홍대응(洪大應, 1744~1808)이 전한 일화도 그의 일상이나 인격을 아는 데에 참고가 된다. 예를 들어, "언제나 침상에서 주자학의 과제인 격물(格物)·궁리(窮理) 공부에 몰두했고, 잠자리에 들 때마다 베갯머리에서 이치를 궁구하다가 상수

(象數)의 중요한 내용이 이해하기 어려워지면 종종 밤새워 잠들지 않는 경우가 있었다. "[33]는 일화와 같이 일체의 사물을 소홀히 하지 않는 면학도의 모습이 전해진다.

이와는 대조적으로,

> 서적을 읽을 때에는 언제나 문의(文義)의 단서에 그다지 구애되지 않고, 대부분은 대강 흘려 읽었다.

라는 기록과 같이 지엽적인 구절에 얽매이지 않는, 완급을 자유자재로 하는 독서 방법이 주목된다. 이러한 독서 방식에는 도연명(陶淵明, 365~427)이 영향을 끼쳤을지도 모른다. '한가하고 고요하며 말이 적으며, 영화와 이익을 바라지 않는다. 책 읽기를 좋아하지만, 깊이 이해하기를 구하지 않는다.'라고 「오류선생전(五柳先生傳)」에 전해지는 내용이 있기 때문이다.[34] 당연히 고의적인 문학 취미는 갖고 있지 않았다.

> 문장가에게 있을 법한 벽(癖)은 늘 병으로 간주했다. 한유(韓愈)의 「모영전(毛穎傳)」류는 예인(藝人)을 희화화시킨 것이라고 말하곤 했다.

---

33 홍대응, 「종형 담헌 선생의 유사(從兄湛軒先生遺事)」, 『담헌서』.

34 마쓰에다 시게오(松枝茂夫)·와다 다케시(和田武司) 역주, 『도연명전집(陶淵明全集)』 하, 이와나미문고(岩波文庫), 1990.

고문의 대가 한유(韓愈, 768~824)도 홍대용에게 걸리면 형편이 없어진다. 「모영전」은 『당송팔가문(唐宋八家文)』에도 수록되어 많은 이들에게 애독된 '붓'의 전기이다. 『사기(史記)』의 전(傳) 형식을 모방해 붓을 의인화하여 해학적인 즐거움을 주면서도, 실제로는 '당시의 함부로 벼슬을 저가 판매하는 것을 비난한 것으로, 까닭 없이 지은 것이 아니다.'[35] 또 기질에 대해서 이렇게 술회하였다.

> 나에 대해 말할 것 같으면 기질은 매우 악하고, 어렸을 때의 경솔함이나 편협한 성격은 극복했다고 생각하지만 여전히 병의 뿌리는 뽑아내기 어려워 여기저기 병의 흔적이 눈에 띈다. 이에 비해 군은 성격이 매우 좋은데, 어려서부터 한 과거시험 공부 등이 정리되어 진정한 학문을 마주했다고 해도 좋을 것이다.

스스로 이렇게 말할 정도이니 상당히 지독하게 어린 시절을 보냈을런지도 모른다. 그러나 일단 성장하고 나서는 간소한 생활방식을 고수하여 '의복은 단순히 몸을 덮을 뿐, 음식은 맛있지 않아도 그만'이라고 말하며 사치나 진미와는 거리를 두었다. 재물을 사용할 때에도 꼭 써야하는 곳에는 천금을 아끼지 않았으나 그렇지 않은 곳에는 십원 한 장도 허투루 쓰지 않았다고 한다. 더욱 흥미로운 것은 다음 구절이다.

---

35 시미즈 시게루(清水茂), 『당송팔가문(唐宋八家文)』 1, 아사히신문출판(朝日新聞出版), 1978.

　　우리나라에는 적국의 외환이 있어도 그것으로 멸망하는 일은 없을
것이다. 우려스러운 것은 당파적인 논쟁이 항쟁이 되어 국맥을 움츠
러트리는 것은 아닌가 하는 것이다. 이것은 나라를 망칠 징조다.

　'외환'보다도 '당론'의 폐해를 훨씬 걱정하고 있다. 혹은 북학파의
앞날을 내다보고 있었던 것인지도 모른다. 그만큼 당시는 당파 간의
항쟁이 치열했다.

3. 겐카도

북학파에서 겐카도에

홍대용은 「일동조아발(日東藻雅跋)」에 다음과 같이 기록했다.

　　도난(斗南)의 재주, 가쿠다이(鶴臺)의 학문, 쇼추(蕉中)의 문장, 신
센(新川)의 시, 겐카(蒹葭)의 그림, 쇼메이(承明)의 글씨, 시메이(四
明)·로도(魯堂)의 갖가지 풍치는 우리나라에서는 물론 중국에서도
그리 간단히 발견할 수 있는 것은 아니다. 게다가 이들은 선발된 것이
아니라, 우연히 통신사와 만난 인물들에 지나지 않고, 이밖에 얼마나
훌륭한 이들이 더 있을지는 알 수 없다. 이처럼 일본에는 이제 문화가
번성하여 도리어 무(武)는 뽐내지 않는다. 기술은 진화했으나 군비는
점점 둔화되고 있다. 일본이 평화로워진다는 것은 단적으로 말해 우
리나라에게도 다행스러운 일이다. 그 이익은 헤아릴 수 없다.
　　이토 진사이(伊藤仁齋)·오규 소라이(荻生徂徠)의 학문도 상세한

것은 모르지만, 수신(修身)을 기본으로 하여 사람들이 행복하게 살아
갈 수 있는 방책을 고찰한 것이라고 한다면, 이것도 성인의 무리라고
할 수 있다. 두말할 것도 없이 무용한 의론에 전념하고 불교를 배격하
여 잘못된 생각을 여기저기 퍼트리는 것은 우리들이 목표하는 학문에
조금도 도움을 주지 않는다.

― 『담헌서』 3

여기에 열거된 인명 가운데 우선 '재주(才)'로 칭송된 '도난'은 앞서
다룬 호소아이 한사이로 곤톤샤의 일원이었다. 다키 가쿠다이의 '학
문'과 쇼추의 '문장'에 대해서도 앞서 본 것과 같다. '시' 분야에서 이
름을 올린 오카다 신센(岡田新川, 1737~1799)은 스승인 오와리번(尾張
藩)의 유학자 마쓰다이라 군잔(松平君山, 1697~1783)과 함께 오와리 나
고야(名古屋)의 응접을 담당했었다.[36] '그림'에서는 단연 기무라 겐카
도였다. '글씨'를 칭송받은 후쿠하라 에이잔(福原映山, 1735~1768)은
자가 쇼메이로, 곤톤샤의 일원이었다. 성대중을 비롯한 통신사 일행
에게 전각(篆刻)을 증정했다. '갖가지 풍치'를 칭송받은 이노우에 시
메이(井上四明, 1730~1819)는 비젠(備前) 오카야마번(岡山藩)의 유학자
이다. 나와 로도(那波魯堂, 1727~1789)는 통신사를 수행해 도카이도(東
海道)를 왕복했고, 『동유편(東遊篇)』을 남겼다. 만년에 아와번(阿波藩)
의 유학자가 되었다.

홍대용도 이야기했듯이 이들은 '반드시 잘 골라 뽑힌' 것이 아니라,

---

36 마쓰다이라 군잔(松平君山), 『삼세창화(三世唱和)』, 1764년 간행.

우연히 통신사와 만났기 때문에 서화 작품이 전해져 홍대용에게까지 알려진 것에 지나지 않는다. 그들에 대한 평판을 들은 것만으로 홍대용은 만난 적도 없는 일본의 문인들의 '풍치'에 감동하여 그 주변은 물론 중국에도 이러한 예가 없다고 이야기한 것이다. 그것도 '풍치'라는, 간단히 설명하기는 어려우나 인간성과 분리해 생각할 수 없는 '취(趣)'에 기준이 놓인 것이 주목된다. 이것은 하루아침에 습득되는 것이 아니다. 오랜 수양 기간과 그것을 가능하게 하는 사회의 고도한 안정이 필요하다. 이러한 기적적인 조건이 당시 일본에서 오사카뿐만 아니라 각지에 구비되어 있었다. 에도시대의 풍아(風雅)라고 말할 수밖에 없는 훌륭한 문화였다.

유감스럽게도 이 풍아는 근대화의 진전과 함께 사라졌다. 홍대용의 높은 평가가 다소 과한 감이 없지는 않지만, 그렇다고는 해도 중국을 방문했던 인물의 기록이라는 점만으로도 중요하다. 게다가 진사이학(仁齋學)과 소라이학(徂徠學)에 관용적인 점도 한국 유학계에서는 이례적이었다. 이것은 성리학의 자질구레한 논쟁이 '백성을 구제한다'는 것에 이어지지 않아 '성인의 무리'에게는 어울리지 않는다는 생각과 다를 바 없다. 실용을 중시한 북학파 사상가에 걸맞은 점이다.

이덕무의 경우

이어서 이덕무가 편집한 『청비록(淸脾錄)』을 살펴보고자 한다. 이 인물도 1778년 연행사의 일원으로서 북경을 사행했었다. 자서(自序)에는 다음과 같이 기록되어 있다.

하늘과 땅에 가득한 맑은 기운이	乾坤有淸氣
흩어져 시인들 속으로 들어간다.	散入詩人脾
천 사람 만 사람 중에	千人萬人中
깨닫는 것은 한 두 사람	一人兩人知

이것은 당나라 승려 관휴(貫休)의 시이다. 나는 결코 뛰어난 시인이 아니지만, 시화(詩話)는 매우 좋아하여 한가한 시간에는 눈에 띄는 대로 고금의 시구를 손수 기록해 내키는 대로 설명을 붙이거나 해석을 기록하거나 품평해서 머리맡에 간직했다. 남에게는 보이지 않고 단지 스스로의 즐거움으로 하여 『청비록』이라고 이름 붙였다.

처음의 관휴(貫休, 832~912)의 시[37] 인용은 이덕무의 생각을 잘 보여준다. 시인은 "기우장대(氣宇壯大)함도 천지의 '맑은 기운'이다."라는 발상을 이야기한다. 그러나 이 생각을 받아들일 수 있는 사람은 천만인 중에 한 둘에 지나지 않는다. 정말 행복한 소수자이다.

여기에서 비교해 생각해볼 만한 사람은 이탈리아 나폴리의 철학자 잠바티스타 비코(Giambattista Vico, 1668~1744)니, 그는 작시에 대해 다음과 같이 서술했다.

시상이란 지극히 선하고 지극히 높은 신에게서 하사받은 것이기에, 어떠한 도구에 의해 획득할 수 있는 것이 아니다.

－『학문의 방법』[38]

---

37 관휴(貫休), 『선월집(禪月集)』 2.

잠바티스타 비코는 또 '이 능력을 신에 의해 불어넣은 사람들'이라고도 쓰고 있다. 동서양을 막론하고 시인은 선택된 사람들이었던 것을 알 수 있다.

그렇게 작품을 모은 시문집 중에 긴 문장의 「겐카도(蒹葭堂)」가 수록되어 있는 것은 꽤나 감동적이다. 아래에 간추려 기록해둔다.

> 보쿠 고쿄(木弘恭)는 일본 오사카의 상인이다. 집은 나니와 강가에 있으며 술을 팔아 부를 쌓았다. 매일 가객을 불러 시를 짓고 술을 따르며 환대했다. 장서는 3만여 권에 달하고 1년간의 접대비용은 수천 금이라고 한다.

그리고 성대중이 가지고 온 〈겸가아집도〉에 다이텐이 적은 서문을 그대로 적으며 다음과 같은 감상을 남겼다.

> 아아, 조선의 풍습은 편협하고, 해서는 안 되는 금기가 지나치게 많다. 문명 상태가 오래 지속되었다고는 하나 풍류문아(風流文雅)에서는 오히려 일본에 미치지 못한다. 유감스러운 일이다.
> 원현천(元玄川)이 말하기를, "일본인은 본디 총명하고 우수한 인물이 많은데다가 진정을 토로하여 숨기는 것이 없다. 시문과 필어가 모두 귀중하다."라고 했다.
> 그것을 듣고 나는 과연 그러하다고 생각하며, 이국의 문자를 보면

---

38 잠바티스타 비코(Giambattista Vico) 저, 우에무라 다다오(上村忠男)·사사키 지카라(佐々木力) 역, 『학문의 방법(學問の方法)』, 이와나미문고(岩波文庫), 1987.

마음의 통하는 벗인 양 소중히 했다.

위 내용을 보면 성대중이나 원현천 등이 전한 일본 정보가 조선인들의 마음을 얼마나 사로잡고 움직였는지 알 수 있다. '이국의 문자'라고 하면 중국의 문헌을 일반적으로 떠올리는 시대에 이덕무는 명백히 일본의 시문을 염두에 두고 그것을 '벗의 마음을 만나는 것'과 병치시켰다.

이렇게 겐카도 등은 뜻밖에도 바다 저편에서 많은 수의 마음 속 벗을 갖게 되었다.

천애지기

이덕무는 또 홍대용과 김재행(金在行)이 중국을 사행했을 때의 편지나 시문·필담 등을 모아 「천애지기서(天涯知己書)」를 편집했다. 이덕무는 홍대용·김재행 등과 중국인 3인의 친교를 다음과 같이 기록했다.

서로 화합하는 즐거움을 숨김없이 이야기하는 모습은 옛 사람에게 부끄럽지 않았다. 종종 감격해 눈물 흘릴만한 것도 있었다.

가장 처음 엄성이 홍대용에게 보낸 서간에는,

천애의 지기는 예부터 예가 없었는데, 저희들은 다행이도 중국에서 태어나 교유가 자못 넓기는 하나, 홍대용 군 정도로 친절하고 정성스

런 사람을 본 적은 없습니다. 감격한 나머지 손이 떨려 북받치는 감정
은 천 가지 만 가지 말을 빌려도 표현할 수 없을 것 같습니다.

라고 적혀있다. 이 '천애의 지기'라는 인식법은 성대중 등의 '중국은
곧 대국'이라는 이국관에 정확히 대응된다. 서로 상대방의 공통된 사
물에 대한 견해나 사고방식을 찾아냈다는 증거이다. 반정균이 홍대
용에게 보낸 서간에는,

　　어제 돌아가서 결국 잠을 이루지 못하고 해동 군자의 나라에 대하
여 깊이 감탄했습니다. 지난 번 편지를 읽고는 더욱더 당신이 고아하
고 세속을 초월하여, 입신하기에 구차하지 않고 뜻함이 심대하다는
것을 알았습니다. 이러한 인물은 도연명(陶淵明)이나 임화정(林和靖)
과 같이 예부터 헤아려 봐도 몇 명 안 됩니다. 당신의 고상한 풍모와
뛰어난 운치는 우리의 존경심을 일으키기에 충분합니다.

라고 적혀있다. '고상한 풍모와 뛰어난 운치'란 풍격이 느긋하게 안정
된 모습이다. 이러한 문장에 섞여 일본을 언급한 부분에 재차 겐카도
가 등장한다. '천애의 지기'란 문자 그대로 하늘 저 멀리 있는 지인이
라는 의미로, 처음에는 중국에서 친해진 벗들을 의미했는데, 어느새
그 속에 일본의 자리도 마련되었던 것이다.

　　일본인은 강남으로 통하고 있다. 그로 인해 명나라 말의 고기(古器)
나 서화·서적·약재 등이 나가사키에 모여든다. 일본의 겐카도 주인
기무라 겐카도는 비서(祕書) 3만 권을 소장하고 있다. 또 중국의 명사

와도 교제하여 그 문아를 풍부하게 하는 등, 우리나라와는 비교할
것이 안 된다.

-『청장관전서』 63

겐카도가 나가사키를 여행하였고 그 서재에 청나라 사람 오과정(吳
果庭)이 쓴 편액이 걸려있었던 것은 확실하지만, 중국의 명사와 교제
한 사실은 없는 듯하다.

박제가의 경우

이어서 박제가(朴齊家, 1750~1805)의 「장난삼아 왕어양의 「세모에
사람들을 그리워하며(歲暮懷人)」 60수를 모방하다」의 소서(小序)를
살펴보자.

나는 백 가지 중에 한 가지 능력도 준비되어 있지 않다. 취미는
현사(賢士)·대부(大夫)와 사귀는 것이다. 이것은 즐거운 일이기에
하루 종일 하여도 질리지 않는다. 그 모습을 본 사람들은 내가 이러한
일로 바쁘다는 것을 비웃는다.

-『정유각집(貞蕤閣集)』 초집

박제가의 취미는 어진 이와 노는 것으로, 자신은 무능하다고 겸손
하게 말하지만 벗으로서 열거되는 것은 쟁쟁한 이들이었다.

'청장리(青莊李)' 즉 이덕무를 필두로, 박지원·유득공(柳得恭, 1748~
1807)·홍대용·원중거와 벗들의 이름이 이어진 뒤, 놀랍게도 실제로

는 만난 적이 없는 다키 가쿠다이(瀧鶴臺)·지쿠조(竺常)·보쿠 고쿄(木
弘恭) 등이 등장한다.

　우선 지쿠조(다이텐)에 대해서 살펴보자.

　　　춘추의 사령, 지금까지 남아있고　　　　　　　春秋辭令至今存
　　　봉건 천년에 성은 미나모토(源)라네.　　　　封建千年姓是源
　　　쇼추가 쓴 한 부는 스즈키의 일,　　　　　　一部蕉中鈴木事
　　　반사(班史)를 곧게 좇아 중원을 능가하네.　　直追班史駕中原

　'춘추의 사령'이란 고대 중국 노나라의 역사 『춘추(春秋)』를 가리킨
말이다. '봉건' 세계를 다스리는 도쿠가와우지(德川氏)는 세이와겐지
(淸和源氏)[39]의 혈통을 잇는다고 한다.

　전구(轉句)의 '쇼추(蕉中)가 쓴 한 부는 스즈키(鈴木)의 일'은 앞에
인용한 오사카에서의 이별 전야 당시 다이텐이 '나는 덴조와 관련된
글 2통을 썼다'고 하는 것을 가리킨다. 최천종 살인사건은 양국의 중
요한 일이었는데, 그 전말을 기록한 다이텐의 문장이 성대중에 의해
'문법이 고아하니 한나라에 육박한다'(『사상기(槎上記)』)고 평가되었
다. 혹시라도 큰 문제가 될지도 모르는 사건을 정확하게 게다가 훌륭
하게 전한 다이텐의 문장이 사건을 진정시키는 역할을 한 것은 아닌
지 생각해보게 한다. 결구(結句)의 '반사(班史)', 즉 『한서(漢書)』는 그
것을 추인하고 있다. 이어서 겐카도이다.

세이와겐지(淸和源氏) : 위의 시의 '미나모토(源)' 성에 대한 해설이다. 일본의 성씨
　'源'는 '미나모토' 또는 '겐'으로 읽힌다.

가쿠한샤 안에서 강석을 여니	學半社中開講席
겐카도 속에 문인 유자가 성해지네.	兼葭堂裏盛文儒
풍류에 한이 없는 성 서기가	風流何限成書記
아집도를 만 리에 지니고 왔네.	萬里携來雅集圖

'가쿠한샤(學半社)'는 호소아이 한사이가 연 사숙의 이름이다. 겐카
도 그룹 중 한 사람이기 때문에 여기에서 언급한 것이다. 이들의 '풍
류'를 이해한 성대중이 이 뛰어난 〈겸가아집도〉를 멀리까지 지니고
귀국한 것이 커다란 반향을 일으켰기에 전구와 결구에 기록한 것이
다. '이국동문의 모임'의 실질이 충분히 갖춰져 있었다고 할 수 있다.

여행의 효용

위와 같은 일이 어떻게 일어났을지에 대해서는 다양한 이유를 생각
해 볼 수 있다. 그중 공통적인 이유로 '여행'의 효용을 들 수 있을
것이다.

서머셋 몸(Somerset Maugham, 1874~1965)의 『서밍 업(The Summing
Up)』에는 다음과 같은 구절이 있다.

이전에 나는 지식인으로서 오만함을 적당히 지니고 있었다. 지금에
는 그것을 버렸다고 생각하는데, 이는 내가 현명하거나 겸허해서가
아니라 내가 대부분의 작가들보다 여행을 많이 한 덕분이다.

-『서밍 업』[40]

'여행'의 경험은 좁은 일상생활의 틀을 뛰어넘을 뿐 아니라, '오만함'까지도 바로잡는 힘을 지니고 있다고 말한 것이다. 그렇다면 통신사와 연행사의 여행은 사행원들에게 서머셋 몸의 경우 이상으로 작용했을지도 모른다. 통신사와 연행사의 여행은 사행원의 견문을 넓혔고 풍부한 인격 형성에 기여했다. 그 인물상은 앞서 살펴본 대로 각각 매력적이다.

다른 나라, 겐카도의 입장에서 이야기해보면, 이국으로의 '여행'은 불가능했지만 대신 가능한 한 정보를 수집했다. 호소아이 한사이의 다음과 같은 기록은 겐카도를 열었던 그 정신을 선명하게 전해준다.

　　　　이 사방 3치의 서화첩은 나니와의 겐카도가 만든 것이다. 수집한 작품은 왕공(王公)부터 사서(士庶)·방외(方外)·여류(女流)까지 광범위하고, 그 밖에 중하(中夏)·조선(朝鮮)·유구(琉球)·홍모(紅毛)의 작품 등 없는 것이 없다.
　　　　　　－「장진옥설첩발(掌珍玉屑帖跋)」, 『은거방언(隱居放言)』 하

한 변이 불과 10cm도 되지 않는 '서화첩'에는 그 작은 크기와는 반비례하게 '중하', 즉 중국부터 '홍모' 네덜란드까지 넓은 세계가 가득 차 있었다. '방외'는 세상을 등진 인물로 승려 등이 그 전형이다.

마찬가지로 호소아이 한사이의 「보쿠 세이슈쿠의 부탁으로 겐카

40　서머셋 몸(Somerset Maugham), 나메카타 아키오(行方昭夫) 역, 『서밍 업(サミング·アップ)』, 이와나미문고(岩波文庫), 2007.

도[41]에 대한 시를 짓다」에는,

새롭게 읊고 나누어 짓는다, 만양(蠻樣)의 종이에   新詠分題蠻樣箋
－『합자가집소초초협(合子家集小草初篋)』3

라는 구절이 있다. 이 한 구절을 통해 시를 지을 때에 사용한 용지는
'만양(蠻樣)' 즉 남만제(南蠻製)였던 것을 알 수 있다. 이미 문방사우에
도 중국제가 아닌, 네덜란드에서 건너온 디자인이 사용되고 있었다.
　북학파 인물들의 반응은 그러한 겐카도의 삶의 방식에 공명을 울리
는 것이었다. 홍대용도 이덕무도 박제가도, 자신의 분신을 멀리 겐카
도 안에서 보고 있었다고 생각된다.

달 밝은 밤에

　박지원의 서간문 「담헌에게 사과하다(謝湛軒)」는 과연 재미있는 명
문이다.

　어젯밤은 꽤나 달이 예뻐 비군(斐君)을 찾아갔습니다. 그리고 함께
돌아오자, 집을 지키던 이가 '밤색 털의 말에 탄 키가 크고 수염을
기른 신사가 벽에 시를 써 놓고 갔습니다.'라고 말하기에, 재빨리 불

---

41 이때의 '겐카도'는 기무라 겐카도를 뜻하는 인명으로 쓰인 것이 아니라, 시회를 열었
　던 당(堂)의 명칭으로서 쓰인 것이다. 즉, 아래 인용된 시의 내용의 시회의 모습을
　묘사한 내용이다.

을 켜보니 당신의 필적이 아니겠습니까.

모처럼 외출하셨는데 부재중이라 참 실례했습니다.

오늘 밤도 어젯밤 못지않게 아름다운 달이 뜬 밤입니다. 한 번 더 외출하시지 않겠습니까?

－『연암집』5

일본의 교라이(去來, 1651~1704)의 하이쿠(俳句)에도,

바위 턱이여, 여기에도 한 사람 달맞이 손님
岩鼻やこ々にもひとり月の客

－『거래초(去來抄)』

이라는 구절이 있다. 동아시아에서 달맞이는 풍류 가운데 으뜸이었다. '이었다'라고 과거형으로 쓴 까닭은 지금 이 전통이 흔들리고 있기 때문이다. 추석 날 밝은 보름달을 TV 화면으로 보는 사람이 많아졌다. 쓰고 있는 나 자신도 억새풀을 찾으러 근처를 배회했던 것은 꽤나 이전의 일이다.

그러나 달맞이보다 뛰어난 것은 홍대용의 행동이다. '달 밝은' 밤에 벗을 찾아가 함께 즐기고자 하는 풍류를 마음속으로 준비하고 있었기 때문이다. 공교롭게 방문한 상대가 부재중이었기 때문에 벽에 글을 쓰고 돌아왔다고 하는 것도 정취가 있다.

이 서간문의 행간에서는 홍대용이 밤색 말에 걸터앉아, 밝은 달 속을 유연히 지나가는 뒷모습이 떠오르는 듯하다. 같은 승마의 모습이라고는 해도, 망나니 장군[42]과의 차이를 역력히 느낄 수 있다.

이덕무의 매력

이서구(李書九, 1754~1825)가 쓴 「이무관 묘지명(李懋官墓誌銘)」은 북학파 사상가 한 사람의 생애를 벗의 시점에서 현장감 넘치게 전해 준다. 이서구와 이덕무, 이 두 사람은 사귐에 어려움을 겪었지만, 학문을 좋아한다는 공통점을 알고 나서는 진기한 서적을 입수하면 연락을 취해 함께 필사하는 등 둘도 없는 벗이 되었다.

　덕무는 이름이요, 무관은 자이다. 어렸을 때부터 학문을 좋아해 책의 뜻이 이해되지 않으면 책을 앞에 두고 울었으며, 의문이 풀리면 비로소 크게 기뻐하는 아이였다. 자라서는 『이아(爾雅)』와 『설문해자(說文解字)』에 정통했는데, 집이 가난해 책을 쌓아두는 것이 불가능해 필사하는 것이 벽(癖)이 되었다. 언제나 종이와 묵을 품었다가 책을 보면 늘 기록해서 필사본이 마침내 상자를 가득 채울 정도였다. 게다가 그렇게 얻은 학식을 과시하지 않았고 물어보면 그제야 대답하는 식이였다.

　어찌나 가난한지 아무것도 가진 것 없는 상태에서도 시심을 잊지 않았고, 언제나 "가정에서는 효(孝), 사회에서는 공(恭), 점심에는 밭일, 저녁에는 독서하는 것. 이것이 선비의 삶의 방식이다."라고 말하곤 했다. 그러다가 정조가 왕위를 잇자 규장각이 설치되어 검서관 4인을 두게 되었고, 무관이 가장 먼저 선발되었다. 조정의 편찬사업

42　'망나니 장군'은 '暴れん坊將軍'을 번역한 것이다. '暴れん坊將軍'은 1978년부터 2002년까지 반영했던 일본의 시대극으로 도쿠가와 막부의 8번째 쇼군 도쿠가와 요시무네(德川吉宗)를 주인공으로 한다. 이 시대극에서 주인공 도쿠가와 요시무네는 자유자재로 검을 다룰 수 있는 호방한 인물로 그려졌다.

중에는 무관이 관여하지 않은 것이 없었다.

시문을 지을 때에는 모방하고 답습하는 것을 부끄럽게 여겼고, 정(情)을 서술하고 말을 만드는데 다만 속되지 않도록 주의했다. 정조의 명으로 「성시전도 백운(城市全圖百韻)」을 읊을 때에는 어필로 '아(雅)'라고 써 주시는 영광을 얻었고, 그래서 '아정(雅亭)'이라고 호를 삼게 되었다.

『이아』는 고대 중국의 자서(字書)로 13경 가운데 하나이며 한자를 의미로 분류한 것이다. 『설문해자』는 후한 허신(許愼, 30?~124)이 편찬한 가장 오래된 부수별 자서이다. 이덕무는 이처럼 전혀 혜택 받은 환경이 아니었지만 자기수양에 태만하지 않았고, 궁중에서 문서를 관장하는 규장각의 일원이 되었다.

이서구의 결론은 다음과 같다.

나는 일찍이 무관을 논하며, 품행이 첫 번째요, 학식이 두 번째요, 박문강기가 세 번째요, 문예가 네 번째라고 했었는데, 대략 타당한 평가라고 인정받는다. 무관의 얼굴은 야위었고, 정신은 맑았으며, 담소하는 모습은 차분했기 때문에 분명 장수를 누릴 것이라고 나는 예측했으나, 이것만은 예상이 빗나가 53세로 떠나고 말았구나.

－『척재집(惕齋集)』 9

학문이나 시문에 대한 재능보다 '품행'이 제일이라고 평가되는 점에 이덕무에 대한 평판의 전부가 드러난다고 하여도 과언이 아닐 것이다. 이러한 인물이 정조의 아래에서 배출되었던 것이다. 과연 훌륭한 시대였다.

풍류호객(風流好客)

남공철(南公轍, 1760~1840)이 성대중에게 보낸 서간에는 다음과 같은 내용이 있다.

> 어제 연암(燕巖)·청장(靑莊) 두 사람이 왔습니까? 청아한 이야기 나누는 풍류의 즐거움은 왕희지(王羲之)나 사안(謝安)이 떠나간 후 오랫동안 세상에서 자취를 감췄습니다. 그 장소에 몸을 둘 기회를 얻지 못한 것이 한스럽습니다.

'연암'은 박지원, '청장'은 이덕무이다. 성대중은 이러한 인물들을 맞이해 '청아한 이야기를 나누는 풍류'를 즐겼던 것 같다.

이름이 거론된 왕희지(王羲之, 307~365)는 굳이 소개할 것도 없이 '서성(書聖)'으로 추앙받는 명필이다. 동진(東晉)의 수도인 건강(建康)에서 산수가 맑고 아름다운 회계(會稽)로 전출하여 그곳에서 사안(謝安, 320~385) 등과 풍류를 즐기며 교류하는 즐거움을 가졌다. 그의 별장인 난정(蘭亭)에서의 곡수연(曲水宴)은 너무나도 유명하다. 성대중 등의 모임에 대한 본보기로는 적이 과장스러운 느낌도 든다.

보다 친근한 예로서 겐카도 그룹의 사례를 생각해볼 수 있다. 이렇게 이야기하는 것은 「백양천에게 답하는 글(答白陽川書)」에 성대중이 다음과 같이 서술하기도 했기 때문이다.

제가 이전에 일본에 사행 갔을 때, 보쿠 고쿄라는 사람이 있었습니다. 나니와 강가에 살며 풍류호객으로서 이름이 났고, 동료 9인과 시사를 맺어 '겐카도'라고 이름한 자택에서 아집(雅集)을 열었습니다. 제가 그의 시를 보고자하자 세이슈쿠가 그 아집도를 그려 선물로 주었습니다. 지금도 여전히 귀중히 소장하고 있습니다. 교분을 소중하게 여기는 것에 있어서 저는 이역의 인물에게도 이렇게 합니다.

겐카도의 '풍류호객'이 성대중의 관심을 끌었던 것이 명백하다. 왕희지나 사안을 기대하지 않고도 풍류의 견본은 성대중의 직접 경험 속에 있었던 것이다.

관청의 시회

정조 치하의 조선에서 유능한 관료이기도 했던 성대중에게,

> 비성(秘省)에서 비오는 날, 연암·태호(太湖)·청장(靑莊)·고운 류혜보(古芸柳惠甫, 유득공)·정유 박재선(貞蕤朴在先, 박제가)와 옥류(玉流)에서 모이다. 앞의 시에 첩운하다.
> ―『청성집』3

라는 제목의 시가 있듯, '비성(秘省)' 즉 궁중의 문서나 기록을 취급하는 관청은 풍류문아(風流文雅)의 장이기도 했다. 열거된 이름은 연암 박지원, 청장 이덕무, 혜보 유득공, 정유 박제가 등으로 태반이 북학파 멤버였다. 이때 모인 곳은 '옥류'라는 곳으로 이명연(李明淵)의 거

처였다.

박제가의 시 「청성과 비각에서 모이다(與靑城集祕閣)」 제3수에는,

문을 닫으면 공관은 곧 산림이 되네.　　　　　　　閉門公館卽山林
　　　　　　　　　　　　　　　　　　　　　　　　　－『정유각집』 3집

라는 구절이 있어 그 장소의 분위기를 잘 전해준다. 궁중의 한 장소를
'산림'으로 보는 것도 정신의 힘이라고 할 수 있다.

　더욱이 다음 시를 보면, 청장 이덕무와는 이웃에 거주했었다는 것
을 알 수 있다. 청장의 집 뒤 뜰에 핀 붉은 도화는 마침 성대중의 집에
서 잘 보이는 위치에 있었다. 그곳에서 감상을 적어 청장에게 보낸
것이다.

땅을 고를 때 어째서 앞뒤를 신경 쓰는 것인가.　　擇地何嫌向背殊
꽃을 보고 있자니 꿈꾸는 듯하여 사람도　　　　　玩花人亦兩忘吾
　　꽃도 잊어버리고 맙니다.
봄이 오면 꽃이 피고 지고 하는 것은　　　　　　　一春開落尋常事
　　일상적인 일
저는 단지 고즈넉이 없는 듯한 그윽한 향기를　　但愛幽香寂若無
　　사랑합니다.
　　　　　　　　　　　　　　　　　　　　　　　　－『청성집』 3

　'땅을 고른다'는 것은 살 장소를 선택하는 것이다.[43] 원문의 '향배
(向背)'는 정면과 후면으로, 서로 후면을 맞대고 집이 있는 것이다.

'나를 잊어버린다'는 것은 무념무상의 경지에 달한 것을 말한다. 봄이 올 때면 성대중은 이덕무와 함께 '붉은 복사꽃'의 없는 듯한 '그윽한 향기'를 즐겼다. 바쁜 현대인에게는 부러운 느긋한 생활이었다.

성대중의 만년

이렇게 만년을 맞이한 성대중은 다음과 같은 글을 썼다.

> 그 옛날, 인재는 재야의 인물 중에 선발했다. 출사하면 조정에 있으나 은퇴하면 또 재야에 돌아간다. 그것이 분수라는 것이다. 지금 나도 나이가 들어 배운 것을 차츰 잊어버리고 만다. 이 몸으로 정치에 종사하면 실수를 범하기 쉽다.
> 군자는 만족을 알고 운명에 편안히 맡기는 것을 즐기는 법이다. 이에 비해 소인은 죄를 면하고 분수를 지키는 것에만 마음이 움직인다. 지금 다행이도 죄를 면해서 돌아가는 것이 가능하다.
> 애초에 거리의 즐거움은 방탕하게 되기 쉽고, 산림의 즐거움은 한쪽으로 치우치기 쉽다. 방탕하지도 않고 편벽하지도 않은 것은 단지 재야에 있어서만이 가능하다.
> ─「재야당기(在野堂記)」, 『청성집』 6

성대중 또한 사치와는 거리가 먼 생활을 했고, 노년을 맞이하여

---

43 공자께서 말씀하셨다. "사람이 사는 곳에는 인덕(仁德)이 있어야 좋다. 인덕이 없는 곳을 선택하면 어찌 지혜롭다고 할 수 있겠느냐!(子曰, 里仁, 爲未, 擇不處仁, 焉得知.)"─『논어』「이인(里仁)」

'야(野)'로 돌아가겠다고 말했다. 그곳에는 '몇 이랑의 밭'과 '한 칸의 집' 그리고 '몇 질의 책' 이외에 전원생활의 즐거움이 풍부하게 간직되어 있다.

그러나 토마스 홉스(Tomas Hobbes, 1588~1679)의 전기를 읽은 존 오브리(John Aubrey, 1626~1697)는 홉스의 말 가운데 '생각하건대, 전원에서 오랫동안 지적인 대화를 하지 않고 지내자니 사람의 지력에 곰팡이가 생겨버리는 것은 아닌지'라는 구절을 적어 두었다. 귀족의 시골 별장에는 좋은 서고가 있었을 테지만, '학문적인 대화'의 즐거움은 각별하다고 말한다.[44]

그러나 지적인 대화를 이미 충분히 체험하고 어느새 노년이 된 성대중은 '재야의 즐거움'이야말로 최상이라고 말한다. 성대중은 본래부터,

　　나는 어렸을 적부터 세상에 맞출 생각 없이 전원의 작은 집에서 책을 양 옆에 끼고 야채에 물을 뿌리고 나무를 심거나 하는 것을 즐거움으로 삼아왔다.

　　　　　　　　　　　　　　　－「묘동사옥기(廟洞賒屋記)」, 『청성집』 7

라는 바람을 지녀왔었다.

이 젊은 시절의 희망은 「침거소기(寢居小記)」의 기술을 통해 훌륭

---

44 존 오브리 저, 하시구치 미노루(橋口稔)·고이케 게이(小池銈) 번역, 『명사소전(名士小傳)』, 후잔보백과문고(富山房百科文庫), 1979.

히 이뤄졌다는 것을 알 수 있다. '침거(寢居)'란 침소와 같은 뜻으로 기거하는 방을 말한다.

이제는 연로하여 백발이 된 몸으로 평생을 뒤돌아보니 즐거웠던 것이 많고 피곤한 것은 얼마 없었다. 먹을 것에 곤궁하지 않았고 벼슬도 그럭저럭 괜찮았다. 행동에 있어서도 다행히 눈살을 찌푸릴 만한 일을 해야 했던 적이 없었다. 벗에 있어서도 좋은 벗들을 만났고 관료로서 40여년을 보냈으니 대략 행복한 인생이었다.

물론 반쯤 농담이지만, 나는 노자(老子)보다 귀하고 도연명(陶淵明)보다 풍족하며 백낙천(白樂天)보다 장수했다. 태평성세에 태어난 것은 두보(杜甫)보다 낫고, 임금의 은혜를 평생 받은 점은 이백(李白)보다 낫다. 이것은 모두 선조의 은덕이며, 나라로부터 받은 은혜이기도 하다는 것을 벽에 기록해 자손들에게 전해주고자 한다.

－「침거소기(寢居小記)」, 『청성집』 7

소년 시절의 꿈을 노년이 되어 이루게 되는 것을 아름다운 인생이라고 할 수 있을 것이다. 그러고 보니 성대중은 「백낙천의 중은시에 화운하다(和白樂天中隱詩)」라는 시를 다음과 같이 읊었다.

나는 비록 도시에 살고 있지만	我雖居城市
산기슭에 있는 것과 무엇이 다른가.	何異在山樊
집에는 시와 서의 즐거움이 있고	室有詩書娛
문 앞에 시끄러운 말과 수레 없거늘.	門無車馬喧
벼슬한 지 삼십년에	釋褐三十年

마음 편히 한 관직으로 늙어가네.　　　　　　　　棲遲老一官

어찌 벼슬의 영예로움 좋아할 줄을 알았겠는가　　寧知好爵榮

다만 숨겨둔 책들을 사랑했을 뿐.　　　　　　　但愛秘書間

(중략)

녹봉 또한 적지 않고　　　　　　　　　　　　　官俸亦不薄

한 해 쓰는 돈은 사천 전.　　　　　　　　　　歲用四千錢

관가의 뜰이 몇 이랑 널찍하고　　　　　　　　公庭豁數畝

괴석은 남산을 마주하네.　　　　　　　　　　怪石對南山

좋은 벗이 다행이도 버리지 않아　　　　　　　賓朋幸不棄

아집이 서원에 필적하네.　　　　　　　　　　雅集敵西園

원문의 '산번(山樊)'은 산의 측면, 혹은 산림을 말한다. '석갈(釋褐)'이란 신분이 낮았던 이가 입던 의복을 벗고 관복을 입는다는 것으로, 관리가 되는 것을 비유한다. '서지(棲遲)'는 편히 사는 것을 말한다. '서원아집(西園雅集)'의 참여자는 소식·황정견·진관 등 중국 문학사에서 찬란하게 이름을 드날린 인물들인데, 성대중 등의 모임도 그것에 필적한다고 말하는 것으로, 꽤나 호쾌한 행위라고 하지 않을 수 없다.

혹은 여기에도 〈겸가아집도〉의 영향이 있었을지도 모른다. 이렇게 보면 성대중의 시인으로서의 생애를 채색한 것은 일본 겐카도 그룹의 활동과 북학파 벗들과의 교유, 거기에 백낙천이나 소식 등 중국 시인이 삶을 즐기는 모습이었다.

이러한 삶의 방식은 현대 사회에서는 어려울 지도 모른다. 그러나 쇄국이라는 부자유한 시대에는 이 정도가 가능했다. 자유로운 21세기를 살고 있는 현재 우리들의 동아시아에 '다시 문예공화국'을 만들어보자는 희망이 허락될 수 있을까.

후기[45]

　조선통신사를 알게 된 것은 지금부터 30년 가까이 이전의 일이다. 여행지에서 간행 직후의 『에도시대의 조선통신사』[46]를 입수해, 돌아오는 신칸센에서 읽었던 기억이 있다. 그러나 나 자신이 이것을 연구 대상으로 할 생각은 물론 없었다.

　그러던 것이 2003년, 국제 18세기학회 LA대회에서 한일 양국의 18세기학회가 함께 섹션을 꾸리게 되었고, 나도 이 섹션에서 「Korean Envoys and Japanese Confucians」를 발표하게 되었다.

　이듬해, 히로시마(廣島) 대학에서 제12회 한일미학연구회가 열렸을 때, 통신사와 관련 있는 시모카마카리지마(下鎌苅島)의 공민관(公民館)에서 「근세 동아시아의 이문화 교류」라는 제목으로 발표를 하게 되었다. 이 무렵부터 점차 마음이 생기더니, 2005년에 성균관대학교에서 열린 한국 18세기학회에 초대되어 「이언진의 옆모습」을 발표하면서, 이 분야의 연구에 점차 탄력이 붙는 듯한 기분이 들었다.

45　후기는 2009년도에 작성된 것이다. 원저자 다카하시 히로미 선생님이 조선통신사 연구에 입문하게 된 과정이 드러나므로 그 번역문을 실어둔다.

46　영상문화협회(映像文化協會), 『에도시대의 조선통신사(江戸時代の朝鮮通信使)』, 마이니치신문사(每日新聞社), 1979.

2006년에는 국제일본문화연구센터의 제29회 국제연구회인 〈전근대에 있어서 동아시아 삼국의 문화 교류와 표상 -조선통신사와 연행사를 중심으로-〉에서, 「문인들의 잔치 '덕으로 사람을 취하게 하는 것이 술로 취하게 하는 것보다 낫다(以德醉人, 勝於以酒)' - 1763~4년의 통신사행 -」을 발표했다. 이나가 시게미(稻賀繁美) 선생을 통해 연락을 주고받은 최박광(崔博光) 선생의 권유로 참가한 이 연구회에서는 실로 많은 깨달음을 얻을 수 있었다. 그렇지만 '동아시아'라고 말하면서도 1장에서 중국에 대한 언급이 적었던 것은 내 연구가 거기에까지 미치지 않았다는 단순한 이유라는 것을 첨언해둔다.

그리고 2007년 5월, 부산의 조선통신사학회 국제심포지엄에 초대되어 「이별의 아침」[47]을 발표한 것이 이 장의 골자가 되었다. 이때 세이난가쿠인(西南學院) 대학의 윤지혜(尹芝惠) 씨에게 소개뿐 아니라 당일의 통역과 원고 번역에까지 도움을 받아 아낌없는 신세를 졌다.

2008년에는 또 4년에 한번 국제 18세기학회 대회가 7월에 프랑스 몽펠리에에서 개최되어, 「A Republic of Letters in East Asia」라는 제목으로 발표를 했다. 11월에는 교토대학 인문과학연구소의 〈계몽의 운명〉 연구회[48]에서 「문인의 세기 -북학파에서 겐카도로-」를 발표하는 기회를 얻었는데, 그 내용 중 일부도 이 장에 기입했다.

2008년 11월에는, 제14회 한일미학연구회가 고베조가쿠인(神戸女

---

47 「통신사·북학파·겐카도」라고 제목을 바꾸어 『조선통신사연구』 제4호에 수록하였다.(다카하시 히로미, 「통신사·북학파·겐카도(蒹葭堂)」, 『조선통신사연구』 4호, 조선통신사학회, 2007.)

48 도미나가 시게키(富永茂樹) 교수가 반장으로 있었다.

學院) 대학에서 열려 「A Potrait of Sung De-jung」을 발표했는데, 발표 직후에 그 일부도 곧 이 장에 넣었다. 서투른 내가 환갑을 넘어서 그럭저럭 새로운 분야에 참여할 수 있었던 것은 이 '한일' 덕분이라고 지금도 다시금 절실히 생각하게 된다. 하마시타 마사히로(濱下昌宏) 선생을 비롯해, 멤버 모든 분에게 마음속부터 감사를 전할 따름이다.

한편 LA 대회 이전의 삿포로(札幌) 대회에서 사귄 지기인 한양대학교 교수 정민(鄭珉) 교수에게 이 장에서 사용한 각종 자료를 제공받았다. 정 선생의 저서는 나올 때마다 베스트셀러가 되어 서점에서 앞자리를 차지하고 있는 것을 서울이나 부산의 여러 서점에서 목격했다. 그러한 책 대부분을 기증받으면서 내 졸작 답례는 몇 년에 한 차례 있을까 말까 한 정도였는데, 이번에는 특히 통신사나 북학파를 다뤘기 때문에, 정 교수를 비롯한 한국 선생님들의 반응이 기대된다.

그리고 이번 교정은 때마침 한양대학교의 한국학연구소에 초대되어 그 게스트하우스에서 훑어보게 되어서, 정 교수의 가르침에 따라 한국 문인의 이름 왼편에 한국어 독음을 가타카나로 부기할 수 있었다. 강의 후 전부터 염원해오던 소쇄원이나 여러 사원을 안내해주셔서, 그날 밤은 가까이 사는 문인 화가 장찬홍(張贊洪) 씨의 산장에 머물렀다. 산장 주변은 실로 '하늘과 땅의 맑은 기운'이 가득 차 있는 듯했다. 이렇게 조금씩 내 주변에서도 문예공화국의 추형이 형성되어가는 것이 느껴진다.

일찍이 『모험왕(冒險王)』 등의 잡지를 애독한 후 문고본(文庫本) 독서의 즐거움을 깨닫게 되었다. 이러한 사람에게는 문고본이나 신서

판(新書版)의 작은 책에 각별한 애착이 생기기기 마련이다. 이 신서 집필을 진행해주신 신텐샤(新典社) 편집부의 오카모토 마나미(岡元學實)·고마쓰 유키코(小松由紀子) 두 분에게는 특히나 신세를 졌다. 마음속 깊이 감사를 전하고 싶다.

전각이문(篆刻異聞)

- 기무라 겐카도부터 이현상까지 -[1]

1. 나니와 스타일 – 가쓰 시킨

　동아시아의 전각은 중국 전국시대의 동인(銅印)에서 시작했고, 특히 명대 이후 석재가 사용되면서부터는 문인의 취미 중 하나로서 널리 행해지게 되었다.[2] 여기에서는 이 작은 도구가 통신사행을 통한 조일 교류에서 달성한 작지 않은 역할에 대하여 몇 가지 사례를 보고하고자 한다.

　이를 위해서는 이미 알려져 있지만 재차 기무라 겐카도 등의 활동

1　이 장은 다음 논문을 번역한 것이다. 高橋博巳, 「篆刻異聞－木村兼葭堂から李顯相まで－」, 『金城學院大學論集』 人文科學編 10(1), 金城學院大學, 2013.

2　[원주1] 중국의 전각 역사를 촘촘히 전달하는 것으로 라복이(羅福頤)·왕인총(王人聰)의 『인장개술(印章槪述)』(중화서국(中華書局), 1973)이 있다. 근세의 전각에 대해서는 이시카와 규요(石川九楊) 편의 『책의 우주(書の宇宙)』 23, 「일촌사방의 넓이·명청 전각(一寸四方のひろがり·明淸篆刻)」(니겐샤(二玄社), 2000)가 살펴보기에 적합하다. 본문에 인용한 미즈타 선생의 『일본전각사론고(日本篆刻史論考)』(세이쇼도서점(靑裳堂書店), 1985)는 필독서이다.

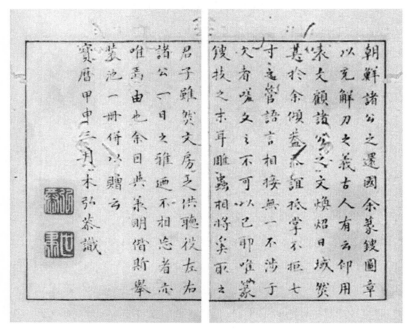

『동화명공인보(東華名公印譜)』 보쿠 고쿄(木弘恭)의 지어

을 살피지 않을 수 없다. 겐카도와 후쿠하라 쇼메이가 지은『동화명
공인보(東華名公印譜)』[3]야말로 통신사를 매개로 하여 동아시아 문예
공화국의 형성을 재촉한 기념비적인 작품이기 때문이다.

　겐카도의 활동은 전각뿐 아니라 〈겸가아집도〉의 만듦새에 의해서
도 한양의 지식인들에게 주목받았다. 그중에서도 특히 홍대용(洪大容)
은 "도난(斗南)의 재주, 겐카(蒹葭)의 그림, 쇼메이(承明)의 글씨" 등을

3　기무라 겐카도·후쿠하라 쇼메이,『동화명공인보(東華名公印譜)』, 고리(合離) 호소
　아이 도난(細合斗南) 서문, 1764년 간행.

거론하며 "이들의 갖가지 풍치는 우리나라에서는 말할 것도 없고, 이것을 제노(齊魯)·강좌(江左) 사이에서 구하려 해도 또한 이때까지 쉽게 얻지 못했다."[4]라며 절찬하였다. 이는 2년 후에 이와 같은 문인을 찾아 북경에 가는 계기가 되기도 했다. 그 후의 화려한 전개는 알려진 대로이다.[5]

성대중을 위해 새긴
인영(印影)

이 『동화명공인보』와 함께, 최근에 간행된 『갈자금전각집(葛子琴篆刻集)』[6]을 보면, 거기에 성대중과 원현천을 위해 새긴 인영(印影)이 수록되어있다. 가쓰 시킨(葛子琴, 1738~1784) 또한 겐카도 그룹의 일원으로서 '나니와 스타일'을 체현하였으며, 나니와의 아교(雅交)에서 빼놓을 수 없는 인물이었다.

라이 슌스이가 『재진기사(在津紀事)』에 전

원중거를 위해 새긴
인영(印影)

4　「일동조아발(日東藻雅跋)」, 『담헌서(湛軒書)』 3.

5　[원주2] 『담헌서외집(湛軒書外集)』 수록 「항전척독(杭傳尺牘)」 이하 여러 문헌 및 졸고 「18세기 동아시아를 왕래한 시와 회화(十八世紀東アジアを行き交う詩と繪畵)」 (『푸른 바다를 교차하는 시문(蒼海に交わされる詩文)』, 동아시아 해역 총서 13, 규코서원(汲古書院), 2012), 「통신사행에서 학예공화국으로(通信使行から學藝の共和國へ)」(『일본 근세 문학과 조선(日本近世文學と朝鮮)』, 아시아유학(アジア遊學) 163, 벤세이출판(勉誠出版), 2013) 등을 참조하길 바란다.

6　가쓰 시킨(葛子琴), 『갈자금전각집(葛子琴篆刻集)』, 다이헤이문고(太平文庫) 66, 다이헤이서옥(太平書屋), 2010.

한 바에 의하면, 라이 슌스이와 가쓰 시킨은 글을 짓는 모임에 매번 참가했고, 특히 가쓰 시킨은 감상 모임에 빠져서는 안 되는 인물로서 '도성에서의 한 때의 모임, 시킨이 없으면 즐겁지 않다네.'라는 말이 있을 정도였다고 한다. 이 흥겨운 연회가 이어지는 시회에 대해서도,

> 웃으면 농지거리하지 않을 수 없고, 시를 이루지 않을 수 없으며, 혹은 두세 편을 쌓기에 이른다. 그리고 그 자구는 지극히 공교롭고 치밀하다. 또 여러 날이 지나 이전 시의 글자를 여러 자 고쳐 시사에 바른 글자를 청했다. 아마도 시킨은 연회를 즐거움으로 삼지 않고 배움으로 삼았던 것 같다.

라고 기록하였다. '연회'를 '웃으며 농지거리하는' '즐거움'의 장으로 만듦과 동시에, 이러한 장에서 만든 '두세 편의 시'가 '지극히 공교롭고 치밀'했으며, '여러 날' 후까지 다시 퇴고하고 갈고 닦아 다른 멤버의 의견을 구하는 상황이 '배움'의 장이기도 했다는 것이다.

'시킨의 교후로(御風樓)는 다마에바시(玉江橋)의 북쪽 가에 있다. 서남쪽으로 탁 트였으며, 달빛에도 어울리고 눈에도 어울린다.'라고 기록되어 있어, 풍류에 관해서도 겨울에는 설경을 즐기고, 여름에는 여름대로,

> 여름 밤, 찌는 듯한 더위로 잠들 수 없어, 밤하늘 반달을 타고 일어나 시킨을 방문했네. 시킨은 자고 있다가 내 발소리를 듣고는 바로 흔쾌히 맞이해주었고, 누대를 열어 작은 술자리를 가졌지. 장차 돌아가려 할 때면 시킨은 반드시 배웅하며 다마에바시까지 이르렀네. 또

함께 다리 난간에 걸쳐 연구를 읊고 헤어졌지.

라는 기록과 같이 지극히 세련된 풍아를 즐겼다. 이러한 풍아 위에,

> 시킨은 다른 이의 눈에는 시인이다. 그러나 그의 학문은 해박했으
> 며 연구하고 검토하지 않은 것이 없었다. 무엇보다도 좌씨(左氏)에게
> 열중했으며 소(素)·난(難)을 다스렸다. 질문하는 자들은 그의 치밀함
> 에 탄복했다. 그 사람은 겸허해서 두드리지 않으면 말하지 않았다.
> － 『춘수유고별록(春水遺稿別錄)』 1[7]

라는 기록과 같은 면모가 있었다. '좌씨(左氏)'는 『춘추좌씨전(春秋左
氏傳)』을 말하고, '소(素)·난(難)'은 의서(醫書)인 『소문(素問)』과 『난경
(難經)』이다. 그의 해박한 지식을 안에 감춘 '겸허함'이 '나니와 스타
일'을 더욱 그윽하게 전해주고 있다.[8]

2. 나카무라 산지쓰의 전각

성대중은 귀로의 배 안에서 이렇게 각지에서 받은 인영(印影)을 비
교하고는 즐거워하며 다음과 같은 평가를 내렸다.

---

7 라이 슌스이(賴春水) 저, 『춘수유고별록(春水遺稿別錄)』, 신일본고전문학대계 95,
   이와나미서점(岩波書店), 2000.
8 [원주3] 미즈타 노리히사(水田紀久), 「가쓰 시킨(葛子琴)」, 『근세낭화학예사담(近世
   浪華學藝史談)』(앞의 책, 1장의 각주11)를 참조하길 바란다.

나카무라 산지쓰(中村三實)가 인장 6과(顆)를 새겨 보냈다. 시온(時韞)에게 9과, 퇴석(退石)과 현천(玄川)에게는 각각 2과를 보냈으며, 또 각각에게 사인보(私印譜) 1권씩을 보냈다. 일본인은 본래 도장을 잘 만들어서 소위 『일도만상(一刀萬象)』이라는 책이 천하에 이름을 얻어 지금도 간행된다. 살펴보니 나카무라 산지쓰가 최고이다. 에도의 헤이 린(平鱗)·교토의 조 고쿤(長公勳)은 그 다음이다. 나니와의 보쿠 고교(木弘恭)·후쿠 쇼슈(福尙修) 무리는 또 그 다음이다.

－『사상기(槎上記)』 5월 15일 기사

『일도만상』 3권은 1713년 이케나가 잇포(池永一峰)[9]가 만든 '일본의 인보 중에서도 굴지의 명보(名譜)'[10]였다. 이러한 배경 위에, 전각이라는 취미가 서서히 침투한 결과, 나카무라 산지쓰가 베스트[11], '헤이 린' 즉 사와다 도코(澤田東江, 1732~

나카무라 산지쓰의 인장

1796)와 '조 고쿤' 즉 조 세이후(長靑楓, 1716~1774)가 차선, 겐카도와 '후쿠 쇼슈' 즉 후쿠하라 쇼메이는 '또 그 다음'으로 평가받게 된 것이다.[12] 라이 슌스이는 『재진기사』 상권에서 "시킨은 생황 및 필율(篳篥)

9   이케나가 잇포(池永一峰) : 호는 도운(道雲).

10 미즈타 노리히사(水田紀久), 「일본의 인보(日本の印譜)」, 『일본전각사론고(日本篆刻史論考)』, 세이쇼도서점(靑裳堂書店), 1985.

11 나카무라 산지쓰의 인장은 아마가사키시 교육위원회(尼崎市敎育委員會) 홈페이지에서 확인할 수 있다. "http://www.city.amagasaki.hyogo.jp/bunkazai/siryou/tusinsi/present_seals/present_seals.html"

을 잘 연주하고, 전각에는 묘한 솜씨를 지녔다."라며 가쓰 시킨을 높
이 평가했으나, 성대중의 안목에는 필적하지 못한 듯하다.

이렇게 해서 주목되는 것이 나카무라 산지쓰인데, 안타깝게도 지
금까지 그에 대해서는 자세하게 밝혀지지 않았다.[13] 나카무라 산지쓰
에게 '9과'를 받은 시온 즉 남옥의 일기에는 1764년 1월 14일 우시마

---

12 [원주4] 사와다 도코에 대해서 남옥은 2월 25일의 『일관기(日觀記)』에, '헤이 린은
   호가 도코(東江)로 인장에 정교하다. 관백의 인보를 만드는 사람이다.'라고 기록했
   고, 3월 2일에는 '헤이 린이 다호군비(多胡郡碑)를 보내왔으니 바로 일본의 천년
   고필(古筆)이다. 대략 예학명(瘞鶴銘)과 비슷하나 골기가 없어서 마치 지렁이 같았
   는데 그래도 고의(古意)가 있었다. 헤이 린이 깊은 산 속의 폐허에서 발견했다고
   한다.'라고 했다. '다호군비'는 일본의 세 개의 고비(古碑) 중 하나이고, '예학명'은
   중국 남조시대 양(梁)나라의 마애(磨崖) 중 하나이다. 그리고 또 7일에는, '로도(魯
   堂)와 슈코(周宏)가 왔다. 슈코가 헤이 린이 새긴 인장 하나를 주었다.'라는 기록이
   보이므로, 사와다 도코의 인장 하나를 슈코가 지참했었던 것을 알 수 있다. 그리고
   11일에는 다시금 '헤이 린이 인장을 주었다'고 기술했으며, 성대중도 같은 날의 일기
   에 '헤이 린·헤이에이(平英)·간텐주(韓天壽)가 전별하러 왔다. … 헤이 린은 인장
   2개로 전별했고, 간텐주는 붓 3필로 전했으니, 각각에게 종이와 붓으로 사례했다.'
   고 기록했다. 또한 원중거도 '헤이 린은 사람됨이 밝아 마치 빙옥 같았으며 용모와
   행동거지는 찬찬하고 자세하였으며 응대하는 말은 공경스럽고 삼감이 있었으며 눈
   썹은 깨끗하고 눈은 맑았으니 사람으로 하여금 아끼고 떠나지 못하도록 하였다.'라
   고까지 기록하였다.(『승사록』 3) 사와다 도코의 법첩 형식의 『내금당시초(來禽堂詩
   草)』(1778 간행)에는, 「송별조선사문객(送別朝鮮四文客)」 이하 통신사들에게 준 시
   몇 수가 수록되어 있다.

13 [원주5] 기비코쿠사이대학(吉備國際大學) 교수 모리야스 오사무(守安收) 씨의 소개
   로 알게 된 아카야마현기록자료관(岡山縣記錄資料館) 관장 사다카네 마나부(定兼
   學) 씨의 가르침에 따르면, 나카시쓰는 나카무라 간슈(中村岠洲, 1777~1850)의 부
   친일 가능성이 있다. 나카무라 간슈에 대해서는 『몽유편 부제승만록(夢遊編 付濟勝
   漫錄)』(다이헤이문고(太平文庫) 53, 다이헤이서옥(太平書屋), 2005)에 수록된 졸
   고 해설 「포공(圃公)은 누구인가(圃公何人ぞや)」에서 다소 관계된 이야기를 논한
   적이 있다.

도(牛窓)에 도착해서, 비젠번(備前藩) 유학자들의 환영을 받았을 때의
인상이 다음과 같이 기록되고 있다.

> 이 고을의 유학자들은 자못 문아한 예모(禮貌)가 있다. 지니고 있는
> 문방사우 또한 전부 정교하고 좋으며 종이는 중국의 것이 아니면 쓰
> 지 않았다.
>
> －『일관기(日觀記)』7

비젠의 유학자들이 '지니고 있는 문방사우'는 모두 '정교하고 좋은'
것으로 세련되었으며, 대체로 '문아한 예모'를 갖추고 있었다는 것이
다. 이른바 '비젠의 풍아'에 마음이 동했을 때,

> 와다(和田)가 벗 나카무라 산지쓰의 인보에 서문을 청했다. 나카무
> 라 산지쓰는 자가 시바이(子楳)로 인장이 약 75개 있으며 각각의 체를
> 갖추었다. 인학(印學)에 조예가 깊은 자라는 것을 알 수 있다. 그 인보
> 를 남겨 두고 가니 서문 쓰는 것을 허락했다.

와 같은 전개가 되었고, 감동한 정도가 한층 깊어진 듯하다. '와다(和
田)'는 와다 쇼(和田郜)로 호는 잇코(一江)이고 비젠의 문학이다. 그가
남옥을 향해 말했다.

> 저의 벗 중에 나카무라 하료(中村巴陵)라는 자가 있습니다. 성품이
> 인장에 전각하는 것을 좋아하여 일찍이 인보를 간행했습니다. 공들께
> 서 서쪽에서 오신다는 것을 듣고, 저를 통해 작은 기예를 보여드리고

자 하여 이 책을 가지고 왔습니다. 바쁘시겠지만 한번 열람하시고
만약 몇 마디를 권단(卷端)에 써주시는 것을 얻는다면, 어찌 하료만의
행운이겠습니까. 저 또한 행운으로 여김이 적지 않을 것입니다. 거듭
부탁드립니다.[14]

　　　　　　－『사객평수집(槎客萍水集)』2, 일본도립중앙도서관
　　　　　　　　　　　　　　　나카야마문고(中山文庫) 장서

남옥은 이에 답하여,

　　인장은 저도 무척 좋아합니다. 마땅히 서문을 써서 돌려드리겠습
니다. 다만 나카무라 하료와 더불어 이야기하지 못하는 것이 한스러
울 뿐입니다. 만약 당신의 소개를 통하여 나카무라 하료의 좋은 솜씨
로 제 이름과 자, 호를 새겨 돌아갈 수 있다면 다행이겠습니다. 어떠
하신지요?[15]

라며 각별히 관심을 보이고는 "제가 구하고자 하는 바를 적어 드리겠
습니다."라고 말하였다.

　　저는 명인(名印)을 몇 본 얻고자 합니다. 대단한 것이 필요하지는

---

14 (槀 一江) "僕友有中村巴陵者, 性好篆刻印章, 嘗刻印譜. 聞諸君之西來, 願因僕呈
　　小技, 乃携之而來. 雖倥傯之中, 一閱之, 若得賜數語於卷端, 豈唯巴陵之幸哉? 僕
　　亦爲幸不少也. 至囑至囑."
15 (答 秋月) "印章僕所癖愛者, 當弁卷而還之. 但恨未得與巴陵一談. 若因足下紹介,
　　得巴陵好手刻賤名與號字以歸, 則幸矣. 如何如何?"

않습니다만, 기이한 것을 원합니다. 원하는 것만큼 많이는 얻지 못하더라도 표시한 것 서너 본은 얻고 싶습니다.[16]

세주에는 '따로 인형(印形)을 그려 보였는데, 그중에 점을 찍은 것이 있었다.'라고 기록되어 있다. 대단한 것이 필요한 것이 아니라, 다만 '기이한 것'을 구하고자 했다. 이와 비슷하게 성대중 또한,

인보는 매우 귀한 물품입니다. 한 번 그 솜씨를 빌려 보잘 것 없는 성명을 인보에 남겨두지 못하는 것이 한스럽습니다.[17]

라고 하며 '귀한 물품'임을 인정했다. 그리고 "모두 새겨주신다면 매우 다행이겠습니다. 만약 어렵다면 점을 친 것을 얻기 바랍니다."라고 했으며, 세주에 '인형(印形)을 그려 보이니, 그 가운데 점을 찍은 것이 있었다.'라고 기록되어 있을 정도로 남옥과 비슷하되 더하면 더했지 지지는 않을 정도로 인장 구하는 일에 열심이었다. 나아가 까다로운 김인겸조차 "많이 구하는 것이 아닙니다. 다만 하나면 됩니다. 혹시 승낙을 받을 수 있겠습니까?"라며 '인형(印形)을 한 장 그려 보였다.'고 할 정도였다. 원중거 또한 우시마도에서는 '붓과 벼루는 깨끗했고 각각에게 두 개씩 배치되어 있었다. 붓은 엄지손가락만 했다'거나 '크고 작은 20권의 종이를 바치며 예물로 삼았고, 글을 요구하였

---

16 (秋月又日) "僕欲得數本名印, 不要大但要奇. 雖未可多得如願. 願得所點者三四本."
17 (龍淵日) "印譜儘奇品也. 恨不得一倩其手, 使拙者名姓留諸群玉所也."

는데 상자에 각색 당지(唐紙)를 가득히 채워 큰 붓 두 개를 위에 놓았
다'(『승사록(乘槎錄)』2)라고 기록해 앞서 살펴본 남옥의 관찰을 보충
하고 있다.

이렇게 나카무라 산지쓰의 전각은 처음부터 일행의 주목을 끌었다
는 것을 알 수 있다. 이 열렬한 의뢰에 와다 쇼도 의외였던지,

> 하료는 직무가 바쁘기 때문에, 돌아가실 때까지 (인장을) 새길 수
> 있을지 모르겠습니다. 가부는 답하기 어려우나 여러분을 위하여 뜻을
> 받들어보겠습니다.

라며 신중하게 답했다. 이에 대해 남옥이,

> 하료와는 밤의 반절도 만나지 못했으니, 어찌 청을 받아주기를 바
> 랄 수 있겠습니까? 다만 이방(異邦)의 진기한 것으로써 미가(米家)의
> 보물로 삼으려 하여, 저도 모르게 바라는 것이 지나치게 되었으니,
> 용서하십시오.
> — 앞의 책 권2

라고 덧붙였다. '미가의 보물'이란 미불(米芾, 1051~1107)이 소장한 명
품에 견준 것이다. 과연 귀로에서 쓴 4월 15일자 남옥의 일기에는,

> 이치우라 나오하루(市浦直春)가 나카무라 산지쓰가 새긴 인장 9매
> (枚)를 보내왔다. 전각은 헤이 린에게 크게 앞선다. 각양각색의 화간
> (花簡)으로 사례한다.
> —『일관기』9

라는 기록이 있으므로, 일행의 바람에 나카무라 산지쓰가 충분히 답했음을 알 수 있다. 앞서 본 성대중의 평가와도 일치한다. 이때 인장을 지참한 '이치우라 나오하루'는 호가 미나미타케(南竹)로 번(藩)의 문학이었다. 그렇다면 한양에서의 반향은 어땠을까?

3. 이현상에게서 구사바 하이센에게로

한편 1811년 마지막 통신사가 쓰시마에 왔을 때, 제술관은 이현상 (李顯相)[18]이었다. 환영 인사 중에는 고가 세이리(古賀精里, 1750~1817)를 수행한 구사바 하이센(草場佩川, 1788~1867)이 포함되어 있었다. 시화에 능했던 구사바 하이센은 극명한 기록을 남겼는데[19], 필담을 모은 『대례여조(對禮余藻)』의 23일 필어(筆語)에서 주목되는 것은 이현상이 출항할 때에 "지금 구사바 하이센 족하를 보니, 해상의 귀인이십니다. 이것을 드리오니, 정을 잊지 말아주시면 다행이겠습니다."라고 하며 김조순(金祖淳, 1765~1832)에게서 받은 부채를 구사바 하이센에게 다시 증정했다는 사실이다. 구사바 하이센은,

부채가 아름다운 데다가, 하물며 당당하신 명 재상의 필적을 받았

---

18 이현상(李顯相) : 호는 태화(太華).
19 구사바 하이센(草場佩川), 『진도일기(津島日記)』, 서일본문화협회(西日本文化協會), 1978.

으니 야인은 물건으로 보답할 만한 것이 없습니다. 주신 말씀이 황송
한데 글로 사례하기는 어려우니 마음속에 새기겠습니다.

—『정리전서(精里全書)』 25[20]

라며 감격스러운 얼굴로 감사의 뜻을 표했다. 이를 통해 구사바 하이
센이 이현상에게 인정받았다는 것을 알 수 있는데, 6월 26일 이테이
안(以酊庵)에서의 필어에 따르면 구사바 하이센은 이현상으로부터,

　　이 인장은 제가 손수 만든 것으로 당신께 드립니다. 한 조각의 심정
　　을 영원히 잊지 마소서.

— 앞의 책

라는 말을 더해, 스스로 새긴 양면의 인장을 증정받았다. 여기에는
한쪽 면에는 "天下事唯偶然者爲佳(천하의 일은 오직 우연을 아름답게 여
긴다.)", 다른 한쪽 면에는 "通信製述(통신제술)"이라고 새겨져 있었다.
　그러자 구사바 하이센은,

　　선생께서 돌을 새기셨으니, 제가 어찌 마음에 새기지 않을 수 있겠
　　습니까.

— 앞의 책

---

20 고가 세이리(古賀精里) 저, 우메자와 히데오(梅澤秀夫) 편, 『정리전서(精里全書)』
　　근세유가문집집성(近世儒家文集集成) 15, 펜칸샤(ペンかん社), 1996.

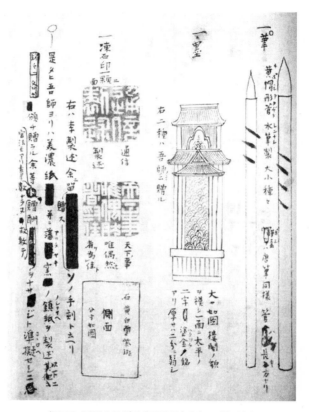

'天下事唯偶然者爲佳'와 '通信製迷'이라고 적은 인장

라고 답했다. '마음에 새긴다'는 것이 단순한 수사법이 아니었으니, 그로부터 27년 뒤인 1838에 52세의 구사바 하이센이 「고천하암소장 서화첩발(古川霞庵所藏書畵帖跋)」에서 다음과 같이 회상하는 글을 통해 확인할 수 있다.

내가 예전에 쓰시마에 배행했을 때, 한객(韓客)과 회례하고 남은

시간 동안 문묵을 주고받으며 심히 기뻐했다. 그중에서도 이태화가
가지고 온 인장을 풀어 하나를 남겨 주었다. 양쪽 면에 "통신제술(通
信製述)" 그리고 "천하의 일은 오직 우연을 아름답게 여긴다.(天下事
唯偶然者爲佳)"라고 새겨져 있었다. 이 일로부터 지금에 이르기까지
거의 30년이 흘렀다. 인장 면에서 '우연(偶然)'이라는 글자를 볼 때마
다 황홀하여 당시를 떠올리지 않은 적이 없다.

　우연이라는 두 글자는 다만 당시를 떠오르게 할 뿐만 아니라, 나아
가 다시 한 가지 느낌을 준다. 나는 그 무렵 벼슬을 얻어 수업관(修業
館) 앞에 옮겨 살고 있었다. 그렇게 며칠이 지나고 후루카와 도쿠키
(古川德基) 군이 북쪽 이웃으로 와서 거주했는데, 수업관과의 사이에
다만 하나의 작은 개천을 두고 있어서, 앉아서 서로 부르면 대답할
수 있었다. 이른바 우연이란 것이 또한 아름답지 않은가. 후루카와
군은 성격이 민첩하여 학문을 좋아했고, 고전을 널리 탐구했으며, 또
한 서화에 능했다. 나는 불민하지만 하찮게나마 비슷하게 숭상하는
바가 있어 아침저녁으로 왕래하며 서로 사귐을 기쁨으로 삼았다.

　후루카와는 에도의 저택에서 태어나 (모시는) 공(公)[21]과 나이가 같
았다. 어릴 때부터 공을 모시며 근면히 일하기를 수년에, 새로이 녹봉
을 받아 집안을 일으켰다. 나 또한 초야에서 발탁되어 교직을 더럽혔
다. 돌이켜보면 지금 세대에 이르러 발탁된 자는 오직 후루카와 군과
나 두 사람뿐이다. 느끼는 바가 동일하여 매번 감개하며 서로 이야기
한다. 수보(輸報) 여하에 있어서는 또한 우연이 아니겠는가. (후략)

　　　－「무술문초(戊戌文草)」, 니시오도서관 이와세문고(岩瀨文庫) 장서

21　공(公) : 나베시마 나오마사(鍋島直正)를 말한다. 에도시대 말기의 다이묘로 히젠국
　　(肥前國) 사가번(佐賀藩)의 제10대 번주이며 사가번의 일곱 현인 중 한 명으로 손꼽
　　히는 인물이다.

'문묵을 주고받으며'라는 것은 서화를 교환하는 것인데, 이현상은 서화뿐 아니라 '가지고 온 인장'을 풀어 '한 조각의 심정을 영원히 잊지 마소서'라고 한 마디를 덧붙여 구사바 하이센에게 주었다. 이현상의 '천하의 일은 오직 우연을 아름답게 여긴다'는 심정은 그러나 젊은 구사바 하이센에게 전해지기까지 다소간 시간이 필요했던 것이다.

'우연이란 있을 수도 있고 없을 수도 있기 때문에 불쑥 현실에서 조우한다'는 것이라고, 구키 쇼조(九鬼周造)는 「우연과 운명」에서 서술하고 있다.(『九鬼周造隨筆集』, 岩波文庫) 그러나 같은 우연이라 해도 행운과 불행은 크게 다르다. 예를 들어, 『산월기(山月記)』의 주인공 이징(李徵)이,

> 우연히 광질(狂疾)로 다른 무리가 되니, 偶因狂疾成殊類
> 재앙과 환난이 서로 이어져 피할 수가 없구나. 災患相仍不可逃
> ─『산월기』[22]

라고 했듯이 다른 위치에 서게 되면 큰일이 된다. '돌고 돌아 만난 것'을 순수하게 기뻐할 수 있는 것은 행복하다는 것이 전제가 된다.

이현상과 구사바 하이센이 쓰시마에서 만났던 것은 틀림없이 '우연'이었다. 그 우연한 만남이 대단했다는 것에는 의심의 여지가 없다. 그러나 그때 바로 '우연을 아름답게 여긴다'라는 신념을 이어받는 데

---

22 나카지마 아쓰시(中島敦), 『산월기(山月記)』, 『나카지마 아쓰시 전집(中島敦全集)』 1, 사쿠라문고(ちくま文庫), 1993.

에는 이르지 못했던 것은 아닐까. 그 신념을 확고히 한 것은 후루카와 가안(古川霞庵)과의 만남이었다. '한 조각의 심정'은 이렇게 생겨났던 것이다.

'수업관'은 사가번(佐賀藩)의 교육 기관 중 하나이다. '후루카와 도쿠키'는 번주 나베시마 나오마사(鍋島直正, 1814~1871)의 긴주가시라(近習頭)[23]였던 후루카와 마쓰네(古川松根, 1813~1871)로 어린 시절부터 나베시마 나오마사를 상대하는 직무를 맡았다. 1830년에는 쌀 50표 정도를 지급받았다. '작은 개천'은 도랑을 말한다. '(모시는) 공과

〈설중죽도(雪中竹圖)〉 부분
(다쿠시(多久市) 향토자료관 소장)

〈설중죽도(雪中竹圖)〉 확대

---

23 긴주가시라(近習頭) : 주군의 곁에서 시중드는 역할 중 가장 높은 자를 말한다.

나이가 같다'고 했지만, 실제로는 나베시마 나오마사와 1살 차이가
났다. '초야'란 민간 내지는 재야(在野)의 의미인데, 여기에서는 가신
(家臣)의 뜻으로 쓰였다. '교직을 더럽혔다'는 것은 구사바 하이센이
1835년부터 고도칸(弘道館)²⁴에서 근무했고, 1837년에는 나베시마 나
오마사의 반독(伴讀)으로서 '일대에 한정된 지키산(直參)²⁵'이 된 것 등
을 말한다. 이처럼 행복했던 두 동지가 '우연'히 만났기 때문에, '아름
다웠던' 것은 당연했을 것이다.

그러한 현재의 행복을 구사바 하이센은 젊은 시절의 추억 속을 더
듬으며, 이현상의 말 한 마디로 음미하고 있다. 이 인장을 날인했을
때의 추억이 강했음에 틀림없다.

4. 김정희와 겐카도

이현상은 또 마쓰자키 고토(松崎慊堂, 1771~1844)에게,

김노경(金魯敬) 공은 자가 가일(可一)이고, 호는 유당(酉堂)으로,
문장이 매우 뛰어납니다. 제가 늘 이웃에 살면서 두터이 교우해왔는
데, 지금 행장을 뒤적이니 마침 소책자 한 권이 있어 증정합니다.
— 『접선음어(接鮮瘖語)』 상²⁶

---

24 고도칸(弘道館) : 에도시대 후기 일본 히타치국(常陸國) 미토번(水戶藩)에 세워졌
던 번교(藩校)이다.
25 지키산(直參) : 에도 막부의 하타모토(旗本)나 쇼군을 모시는 가인 등의 총칭이다.

라고 서술하며 김노경의 소책자 등본 한 권을 주었다. 김노경이 맏아
들 김정희(金正喜, 1786~1856)[27]를 동반해 연행에 오른 것이 1809년으
로, 김정희는 옹방강(翁方綱, 1733~1818)이나 완원(阮元, 1764~1849)에
게 학습하고 귀국하여 각 방면에서 큰 족적을 남겼다. 그의 시「회인
시체를 본떠 전에 들은 이야기를 두루 서술해서 화박(和舶)에 부치니
오사카·나니와 사이의 여러 명승지에 마땅히 이것을 알아줄 자가 있
으리라.」[28]에는 여러 일본인이 등장하는데, 여기에서 주목하고자 하
는 것은 다음과 같다.

전각에는 한나라의 법이 남아있으니	篆刻有漢法
정아하기도 해라, 겐카도여.	精雅兼葭堂
고매(古梅)가 그을음을 다스리더니	古梅御油煙
바로 정(程)·방(方)과 대항하고자 하네.	直欲抗程方
나가사키의 배에 빌려 묻노니	借問長崎舶
서쪽 매화의 한묵 빛은 어떠하더뇨.	西梅翰墨光

　　　－『완당선생전집(阮堂先生全集)』9, 『한국문집총간』301

'전각에 한나라 법이 있다'는 것은 진한의 고법으로 거슬러 올라가
는 것이다. 김정희 또한 겐카도의 전각을 『동화명공인보』에서 보았

26　마쓰자키 고토(松崎慊堂), 『겸당전집(慊堂全集)』23, 숭문원(崇文院), 1926.

27　김정희(金正喜) : 호는 추사(秋史).

28　김정희, 『완당전집(阮堂全集)』9, 「仿懷人詩體, 歷敍舊聞, 轉寄和舶, 大板浪華間
　　諸名勝, 當有知之者」

을는지도 모른다. '고매(古梅)'는 나라(奈良)에서 먹을 파는 오래된 점포 고매원(古梅園)이다. '그을음'은 수지(樹脂)를 불완전 연소시켜 만드는 탄소 가루로 먹의 원료이다. 고매원에서 만든 먹이 '정(程)·방(方)' 즉 명나라 정군방(程君房)과 방우로(方于魯)의 먹에 필적한다고 한 것이다. 정·방 두 사람에게는 각각 『정씨묵원(程氏墨苑)』과 『방씨묵보(方氏墨譜)』가 전해진다. 이 정보원 또한 성대중이었을까. 그도 그럴 것이 『양호여화(兩好余話)』 하권의 「먹에 제하는 글(墨題辭)」에는 센로(仙樓) 즉 오쿠다 쇼사이(奧田尙齋, 1733~1807)[29]가,

> 그대가 간절히 구하였던, 고매원에서 제작한 먹을 사서 올립니다. 이것은 중품(中品)입니다만 갈아보지 않으면 그 정교하고 거침을 분별하기 어렵습니다. 요컨대 먹을 만든 장인의 말이 비교적 믿을만하니 진실로 사람을 현혹시켜 장사하는 무리가 아님이 분명합니다.
> – 1764년 서(序) 간본, 도호쿠대학 가노문고(狩野文庫) 소장본

라고 했기 때문이다.

이렇게 겐카도의 전각으로 시작한 작은 의논이 우연히도 김정희를 통한 겐카도로의 오마주로 매듭지어질 수 있었던 것도 '우연을 아름답게 여긴' 자그마한 일례가 된다면 다행이겠다.[30]

---

29 오쿠다 쇼사이(奧田尙齋) : 이름은 모토쓰구(元繼).

30 [원주6] 김정희에 대해서는 졸고 「김정희의 초상(金正喜の肖像)」(『하마시타 마사히로 선생 퇴직기념논집(濱下昌宏先生退職記念論集)』 하마시타 마사히로 선생 퇴직기념논총 편집위원회 편, 2015)을 참조하기를 바란다.

겐카도가 짜고, 김정희가 맺은 꿈

-동아시아 문인 사회의 성립-[1]

1. 겐카도의 아집(雅集)

문명의 성숙 정도를 재는 데에는 그때마다의 척도가 있지만, 여기에서는 문인 사회의 성립이라는 기준을 이용하고자 한다. 18세기에는 바다 동쪽과 서쪽에서 문명이 정점에 달했다. 일본은 도쿠가와(德川) 시대였는데,[2] 제11차 조선통신사가 충분한 준비를 마치고 그곳에 방문했다. 1763년 오재순(吳載純, 1727~1792)은「독우(督郵) 성대중의 통신사 서기 행을 전송하며(送成督郵通信書記之行)」라는 시에 다음과

---

1 이 장은 다음 글을 번역한 것이다. 高橋博巳,「蒹葭堂が紡ぎ, 金正喜が結んだ夢-東アジア文人社會の成立-」, 笠谷和比古編『德川社會と日本の近代化』, 思文閣出版, 2015.

2 [원주1] 가사야 가즈히코(笠谷和比古)의「서론 18세기 본의 '지(知)'적 혁명 Intellectual Revolution(序論 十八世紀日本の「知」的革命 Intellectual Revolution)」(『18세기 일본의 문화 상황과 국제 환경(十八世紀日本の文化狀況と國際環境)』, 시분카쿠출판(思文閣出版), 2011)을 참조.

같은 구절을 썼다.

> 사신의 일은 화려함을 자랑하는 데 관계치 않는다.　使事非關誇靡麗
> 풍아를 가지고 먼 변방에 베푸는 것을 좋아한다.　　好將風雅播遐陬
> 　　　　　　　　　　　　　　　　　　　　　－『순암집(醇庵集)』 2

　위는 '독우(督郵)' 즉 지방관이었던[3] 성대중이 정사 서기로 사행에 나설 때 지어준 시이다. 이 인물은 성대중의 「비서찬병기(祕書贊屛記)」에도 '순암 오상서 재순(醇庵吳尙書載純)'은 '내각제학으로 겸하여 외각을 다스린다.'[4](『청성집』 7)고 기록되어 있는 것처럼, 선배 관료였던 동시에 술과 시로 서로 초대하고 방문하는 사이이기도 했다. 원문의 '미려(靡麗)'란 화려하고 아름다움이다. '하추(遐陬)'는 당시 변경 지역으로 여겨지는 일본을 지칭한 것이다. 그러나 실제 도착해 보니, 변경은커녕 나니와든 오와리 나고야든 청나라를 능가하는 번화함에 더해, 문인 사이에 '풍아'가 널리 퍼진 것에 놀라게 되었다.[5]

3　조엄(趙曮)의 『해사일기(海槎日記)』에는 성대중이 전찰방(前察訪)으로 기록되어 있다. 찰방은 조선시대 각 도의 역참을 관리하던 종6품의 외관직이다.

4　"醇菴吳尙書載純, 以內閣提學兼管外閣."

5　[원주2] 남옥이 오사카에서 "도시의 누대, 진기한 보물의 풍부함과 강과 호수의 교방(橋坊) 및 배의 경관과 아울러, 항주와 소주를 대적할 만하다. 아직 어느 곳이 나은지는 알 수 없다."(『일관기』)라고 기록해, 물의 도시 오사카는 '항주와 소주'라는 중국 강남의 문화 도시와 비교해도 등수를 매길 수 없다고 서술한 것이 하나의 예시이다. 또한 졸고 「이언진의 옆모습(李彦瑱の横顔)」(『금성학원대학논집(金城學院大學論集)』 인문과학편 2권 2호, 2006), 「성대중의 초상 – 정사 서기에서 한관으로 – (成大中の肖像－正使書記から中隱へ－)」(앞의 책, 5권 1호, 2008), 「원현천 – 고독한

　풍족한 교류에는 쌍방향의 신뢰 관계가 불가결한 법인데, 그렇다
면 통신사 일행은 일본 문인의 눈에 어떻게 비춰졌을까. 오사카(大阪)
에서 통신사와 대면한 미나미가와 긴케이(南川金溪, 1732~1781)[6]는 '학
사 추월은 그렇게 장대한 남자는 아니었지만, 수염이 많고 눈이 예리
하며 목소리가 엄격한 대장부였다. (중략) 경학과 문장은 왕년의 학
사들과 비교하면 크게 뛰어난 것으로 보인다.'고 하며, 눈초리나 어
조로부터 학식에 이르는 인간 관찰을 기록하고 있다. '학사 추월'은
제술관 남옥이다.

　또 '정사 서기 용연은 나와 동갑이라서 특히 친해졌다. 용모가 미려
하고 위개(衛玠)의 풍모가 있다. 수염은 없었으며 목소리는 온화했다.
영민한 재주는 학사 세 서기 중 제일로 보였다. 또 서예에 뛰어났고
자앙(子昻)의 서법을 잘 모사했다.'라고 하며 그 용모를 잘 전하고 있
다. '위개의 풍모'는 '위개(衛玠)라는 총각이 양거(羊車)를 타고 시장에
들어갔는데, 보는 사람마다 옥인(玉人)이라고 하여 구경하는 사람 때
문에 수도가 기울 정도였다.'[7]고 이야기되는 미소년의 '취(趣)'를 말한
다. '총각'은 상투를 틀었고 소년은 장발을 했다. '양거(羊車)'는 장식
이 달린 작은 수레이다. '옥인(玉人)'은 미인을 말한다. '수도가 기울
었다'는 것은 구경거리가 많다는 것을 의미한다. 성대중은 이처럼 용
모와 자태가 단아하고 고왔으며, '영민'한 재주와 뛰어난 지식을 갖춘

　소신가(元玄川－特立獨行の人－)」(앞의 책, 6권 2호, 2010) 등을 참조하기 바란다.
6　미나미가와 긴케이(南川金溪) : 구와나(桑名)의 유학자이자 의사이며, 이후 고모노
　　번(菰野藩)의 유학자가 되었다.
7　『몽구(蒙求)』 하.

데다가 '자앙의 서법', 즉 조맹부(趙孟頫, 1254~1322)[8]의 서법을 체득하고 있었다.

이렇게 미나미가와 긴케이는 '요약하자면, 4인 모두 풍류로운 온자(醞藉)함이 있었다. 우리나라 학자들처럼, 규각(圭角)을 앞세우느라 우유(優遊)한 기상이 부족하지 않았다.'[9]라고 결론지었다. '온자(醞藉)'란 인품이나 말씨가 세련되고 고아한 모습이다. 한편, '규각(圭角)'은 언동이 모난 사람과 쉽게 화합하지 못하는 모습이다. '우유(優遊)'란 유유자적한 모습이다. 오규 소라이라면 '풍아문채(風雅文采)'[10]라고 표현했을 것이다. 미나미가와 긴케이에게는 오규 소라이의 이상이 통신사 수행원들에 의해 달성되었던 것으로 보였던 것이다. 학사서기의 '풍류'와 일본 유자의 '규각'을 비교하는 것은 미나미가와 긴케이에게 '풍류'에 감응하는 수용 태도가 있었기 때문이다.

물론 '풍류'만이 돌출해 있었던 것은 아니다. 사행 중 음주가 금지되었던 사절단에게 조슈번의 유학자 다키 가쿠다이가 '취해 쓴 시'를 읊지 못하는 것이 유감이라고 하자, 추월은 기회를 놓치지 않고

덕으로 사람을 취하게 하는 것이 술로 하는 것보다 낫다.
— 『장문계갑문사』 1, 1765년 간행

---

8 조맹부의 자가 자앙(子昻)이다.
9 미나미가와 긴케이(南川金溪), 『금계잡화(金溪雜話)』 중.
10 오규 소라이(荻生徂徠), 『조래선생답문서(徂徠先生答問書)』 하.

라고 응수했다. '덕'을 늘 의식하고 있었기 때문인데, 사행 중에 표현
된 가장 매력적인 구절이다.[11]

　추월은 일본 사행의 첫머리에 들린 아이노시마에서 가메이 난메이
에게 사행 중 만나야 할 '문학(文學)'이 누구인지를 물었다. 그러자
가메이 난메이는 다키 가쿠다이나 오사카의 호소아이 한사이의 이름
과 함께, 특히 '풍아무쌍한 이는 나니와의 보쿠 고쿄'[12]라고 답했다.
이 정보는 공유되어 부사 서기인 원중거는 『승사록(乘槎錄)』 권2의
1월 25일 조에,

　　시는 즉 고리(合離)를 거벽으로 삼는다. 보쿠 고쿄(木弘恭)는 도장
　　으로 이름이 났다. 표표하고 뛰어난 재주가 있으며, 나니와 제일의
　　주가(酒家)로서 술값을 받아 책을 산다. 나가사키에서 남경(南京)의
　　책을 얻은 것이 매우 많다. 당(堂)을 강 위에 짓고 겐카(蒹葭)라고
　　편액을 걸었다. 장서는 3만권이 이른다. 후쿠 쇼슈(福尙修)는 의사로
　　시를 잘한다.

라고 기록했다. '거벽'은 무리 중에 뛰어난 인물을 말한다. '고리(合

11 [원주3] 졸고, 「문인들의 잔치 '덕으로 사람을 취하게 하는 것이 술로 취하게 하는
　　것보다 낫다(以德醉人, 勝於以酒)' – 1763~4년의 통신사행 – (文人たちの宴「以德
　　醉人, 勝於以酒」――七六三～四(宝曆十三～明和元)年の通信使行–)(류건휘(劉建
　　輝) 편, 『전근대에 있어서 동아시아 삼국의 문화 교류와 표상 – 조선통신사와 연행사
　　를 중심으로(前近代における東アジア三國の文化交流と表象–朝鮮通信使と燕行使
　　を中心に–)』, 국제일본문화연구센터(國際日本文化硏究センター), 2011)
12 가메이 난메이(龜井南冥), 『앙앙여향(泱泱余響)』, 『구정남명소양전집(龜井南冥昭
　　陽全集)』 권1, 아시쇼보(葦書房), 1978.

離)'호소아이 한사이는 제일의 시인으로 추인되었던 것이다. '보쿠
고쿄(木弘恭)' 기무라 겐카도는 '도장' 즉 인장에 대한 평판이 거론되
었다. '뛰어난 재주'는 우수한 재능을 말한다. 게다가 '주가(酒家)'에
장서가라는 조화가 통신사에게는 진기했는지 여기에서는 다소 사사
로운 서술을 하고 있다. '의사'이자 '시인'이었던 '후쿠 쇼슈' 후쿠하라
쇼메이 또한 겐카도의 주변 인물이었다.[13] 이러한 인물들이 모여 매
월 16일 시회를 연다는 이야기를 들은 성대중은 자신도 참가하고자
청했으나, 객관에서의 외출이 허락되지 않아 그곳에서 겐카도 시회
의 모습을 그림으로 그려달라고 의뢰했다. 다이텐(大典)이 성대중에
게 보낸 서간에는,

> 세이슈쿠가 그림을 그려달라는 의뢰를 받고나서, 다소간의 그림의
> 구성에 대해서 저로 하여금 뜻을 전하게 했습니다.[14]
>
> -『소운서고(小雲棲稿)』12

라고 기록되어 있다. 이를 통해 기무라 겐카도가 '그림의 구성'에 대
해 다이텐에게 상담했다는 것을 알 수 있다. 겐카도로서도 만전을
기했던 것이다. 다이텐의『평우록』5월 5일 기술은 아래와 같다.

---

13 [원주4] 기무라 겐카도 및 그의 그룹에 대해서는 미즈타 노리히사(水田紀久)의『근세
   낭화학예사담(近世浪華學藝史談)』(앞의 책, 1장의 각주11), 『향우집 - 근세낭화학
   예담(鄕友集-近世浪華學藝談)』(근대문예사(近代文藝社), 1996),『물의 한 가운데
   존재한다 - 기무라 겐카도 연구(水の中央に在り-木村蒹葭堂硏究)』(이와나미서점
   (岩波書店), 2002)를 참조하기 바란다.
14 "肅旣領繪事之命, 稍就意匠, 使衲致斯意."

이날 〈겸가집도권〉이 만들어졌다. 세이슈쿠가 그린 뒤에 시를 쓴
사람 7명은 고치쓰(孝秩)·레이오(麗王)·쇼메이(承明)·시킨(子琴)·
고요쿠(公翼)·야쿠주(藥樹)와 주인인 세이슈쿠다. 끝에 내가 서문을
지었다. 「전장기문(傳藏記文)」 또한 전부 베껴서 갖추어 야쿠주에게
휴대하게 했다.

제술관과 서기 방에 이르렀더니 추월이 곤히 잠들어 있지 않겠는
가. 야쿠주가 흔들어 깨우고, 용연과 현천에게도 보여주었다. 서로
베끼며 기뻐했다. 곧 〈아집권〉을 꺼내 베꼈다. 내가 말했다. "세이슈
쿠가 누누이 이 그림은 급히 베낀 것으로 배장(褙裝) 또한 정교하지
못하여, 높으신 뜻에 부합하지 못할까 두려우니 질책해 달라고 이야
기했습니다."라고. 용연 및 추월과 현천이 열어보고는 흔연히 기뻐했
다. 야쿠주는 곁에서 보며 그림 속 인물들을 손가락으로 가리키며
일러주었다.

－『평우록』 일본국회도서관 필사본

이렇게 〈겸가아집도〉는 '급히' 그려졌다. 그 앞뒤에 다이텐의 제자
(題字)와 후서(後序)가 배치되었으며 7인의 찬시가 실렸으나, '배장(褙
裝)' 즉 배접은 그저 그런 상태로 전달되었던 것이다. 젠카도의 그림
과 여러 인물들의 찬시를 본 성대중은 물론, 근처에 있던 남옥과 현천
등도 '흔연'히 기뻐했다는 것은 이 그림을 실제로 보면 납득이 갈 것
이다.[15] 곁에서 가리키는 인물을 특정할 수 있었던 것은 이 그림이

---

15 [원주5] 김문경(金文京)의 「『평우록』과 〈겸가당아집도〉 -18세기말 조일 교류의 한
측면-(「『萍遇錄』と「兼葭堂雅集圖」-十八世紀末日朝交流の一側面-)」, 『동방학(東
方學)』 124, 2012) ; 정민, 『18세기 일본 지식인 조선을 엿보다』(성균관대학교출판부,

〈겸가아집도〉(한국국립중앙박물관 소장)

실제에 부합하게 그려졌기 때문이다. 이 그림에는 찬을 남긴 7인과 다이텐 및 찬을 남기지 않은 나하 로도까지 9인이 그려져 있다.[16] 당상에서 시를 짓는 데 여념이 없는 듯이 보이는 것은 가타야마 홋카이 (당시 42세)를 중심으로 호소아이 한사이(38세), 후쿠하라 쇼슈(30세), 가쓰 시킨(26세)일까. 서 있는 모습의 겐카도(29세)는 손님을 맞이하기 위해 역방향을 향하고 있는데, 구태여 엉뚱한 방향을 향하게 하여

2013) ; 졸고, 「〈겸가아집도〉의 행방(〈蒹葭雅集圖〉の行方)」(『겐카도 소식(蒹葭堂だより)』 14, 기무라 겐카도 현창회(木村蒹葭堂顯彰會), 2014)을 참조하기 바란다.
16 〈겸가아집도(蒹葭雅集圖)〉 후기.

실내와 뜰 앞 사이에서 시간차를 표현하고, 안과 밖의 장면을 심리적
으로 구분하려 했던 것일지도 모른다. 이제 막 도착한 모습으로 그려
진 4인 중, 검은 의상은 입은 이가 다이텐(46세)과 야쿠주(26세)이다.
야쿠주 쪽으로 돌아보고 있는 것이 오카 고요쿠(岡公翼, 28세)이고,
다이텐과 나란히 서서 뒷짐 진 이가 나하 로도인 듯하다.

둥글게 모여 앉은 당상 가운데에 백지가 한 장 펼쳐져있는데, 이
것은 확실히 겐카도회의 방식이었다. 조금 뒤의 일인데 라이 슌스
이의 『재진기사』의,

> 곤톤시샤(混沌詩社)는 매월 기망(旣望)에 여러 사람들을 소집하여,
> 제(題)를 나누고 분운(分韻)하여, 각각 읊고 시를 만들어 안석 위의
> 종이 한 장을 취해 여기에 쓴다. 이것 이외에 원고는 사용하지 않는
> 다. 대개 복고(腹稿)에 이미 익숙하므로 쓰기에 임해서 주저할 것이
> 없고, 파지가 낭자할 것도 없다.
> – 이와나미(岩波)·신일본고전문학대계(新日本古典文學大系) 97

라는 기록처럼, 가지고 온 '복고(腹稿)'[17]를 가운데 놓인 종이에 깨끗
이 써내려갔던 것이다. 이 그림에는 이때 저절로 빚어진 문아(文雅)의
향이 떠도는 듯하다. 이러한 분위기에 한양의 지식인들도 감명을 받
아 환영했음에 틀림없다. 뿐만 아니라 한양의 지식인들은 방 안과
별채의 서고에 나열되어 있는 서적에도 강렬한 관심을 기울이고 있

---

17 복고(腹稿) : 글을 쓰지 않고 마음속으로만 지어서 기억(記憶)하여 둔 글을 말한다.

다. '장서 3만권'이라는 매력에는 저항하기 어렵기 때문이다. 요컨대 결국 여기에는 문인의 이상이 시각화되어 있는 것이다.

　이것을 실현하고 있는 겐카도의 정신은 다이텐의 「겸가아집도서(兼葭雅集圖序)」[18]에 격조 높게 기록되어 있다. 겐카도의 '화(和)'와 '예(禮)'에 대한 존중으로 인해, 겐카도의 문하에는 '한 고을 한 나라(一鄕一國)'에서부터 '사해(四海)' 전국에서 사람들이 모여 '천 명의 손님이 만 번씩 찾아오는(千客萬來)' 모습을 보였다. 마침 그곳에 통신사가 방문했기 때문에, 교류는 일거에 '이역만리 밖'에까지 넓혀지게 되었다. 다이텐은 이어,

　　성군(成君) 사집(士執)은 세이슈쿠에게 〈겸가아집도〉를 그려줄 것을 청했고, 같은 시사의 7인에게 각기 그 위에 시를 짓게 하고는 말하길, "가지고 돌아가 만 리의 얼굴로 삼겠습니다."라고 말했다. 아아, 성군의 마음은 몸을 겐카도에 두고 문으로써 함께하는 자와 어찌 다름이 있겠는가.

　'만 리의 얼굴'이란 귀국 후 한양의 벗들에게 겐카도의 모임을 소개하겠다는 것이다. 이렇게 문예공화국의 틀이 기약도 없이 출현하게 된 다음 해, 겐카도의 모임은 곤톤샤(混沌社)로 발전되었다. 장로 격인 다나카 메이몬(田中鳴門, 1722~1788)이 지은 「혼돈설(混沌說)」은 시사의 정신을 다음과 같이 이해하기 쉽게 설명하고 있다.

---

18 『소운서고(小雲棲稿)』 권7에도 수록되어 있다.

혼돈이란 것은 배태(胚胎)를 이른다. 무엇으로 이 시사에 이름을 붙였는가. 빛을 감추는 것을 숭상했기 때문이다. 어찌 빛을 감추는 것을 숭상했는가. 다툴 것이 없기 때문이다. 무릇 사물은 다툴 것이 있으면 곧 도가 막힌다. 스스로 자랑하는 것이 있으면 곧 지혜가 궁한 다. 막힘과 궁함은 성인이라면 취하지 않는 것이다. 그러므로 이르길, '군자는 다툴 것이 없다.'고 했다.

— 『혼돈사음고(混沌社唫稿)』[19]

젠카도회의 '화'와 '예'의 정신이 여기에 계승되고 있는 것은 자명하다. 새롭게 부가된 '배태'란 초발(初發) 내지는 원점을 의미한다. 초심을 잊어서는 안 되며, 또한 거만함이 오래되어서는 안 된다. '빛을 감춤'은 재주와 덕행을 남에게 알리지 않는 것이다. '다툼'을 피하기 위해, 학문이 있는 것을 자랑하지 않는다. 이것을 '군자'의 조건이라고 한 것은 『논어(論語)』 「팔일(八佾)」편에 기초하고 있다. 이 이야기가 나니와의 나루토쿄(鳴門橋) 주변에서 냄비와 솥 주조를 업으로 한 인물의 이야기라고 생각할 사람이 있을까. 이 사람은 통상적으로 불리는 가네야 시치로에몬(金屋七郎右衛門)이라는 이름의 얼굴과는 달리, 문인의 얼굴을 한 또 하나의 이름은 지니고 있었다. 그의 이름은 쇼(章)요, 자는 시메이(子明), 호는 메이몬(鳴門) 또는 아이니치엔(愛日園)이었다. 젠카도 그룹의 매력은 이처럼 두터운 계층성에서도 유

---

19 노마 고신(野間光辰) 감수, 『혼돈사음고(混沌社唫稿)』, 『근세문예총간(近世文藝叢刊)』 제8권 부록, 반암 노마 고신 선생 화갑기념회(般庵野間光辰先生華甲紀念會), 1971.

래한다.

2. 홍대용의 눈에 비친 일본의 풍아

한양에 전해진 〈겸가아집도〉를 비롯해 시문서화의 파문은 매우 컸
다. 홍대용이「일동조아발(日東藻雅跋)」에서 이 책의 85쪽과 같이 서
술한 것이 그 대표적인 예이다.[20]

이 글에 거론된 분야는 '재주·학식·문학·시·그림·글씨'라는 문인
활동의 주된 영역에 더해, 자연히 드러나는 '갖가지 풍치'라는 형용하
기 어려운 인간성의 매력에까지 미치고 있다. 이것은 앞 절에서 다룬
'풍류'라는 말과도 바꿀 수 있다. 게다가 홍대용 자신은 만난 적이
없는 인물들이기 때문에, 상당히 적확한 정보 제공이 있었을 것으로
생각된다.

예를 들어,『장문계갑문사(長門癸甲問槎)』권2에, 다키 가쿠다이가
남옥을 향해, '나니와'나 '에도'에서 만난 인물 중 '재주·학식·풍류가

---

20 [원주6] 이에 대해서는 이미 그림이 발견되기 전부터 반복되는 논의가 있었기 때문에
여기에서는 자세히 거론하지 않는다. 졸고,「한양에 전해진 에도 문인의 시문－동아
시아 학예공화국으로의 도움닫기(ソウルに傳われた江戸文人の詩文－東アジア學藝
共和國への助走－」(『18세기 일본의 문화 상황과 국제 환경(十八世紀日本の文化狀
況と國際環境)』),「18세기 동아시아를 왕래한 시와 회화(十八世紀東アジアを行き交
う詩と繪畵)」(앞의 책, 2장의 각주5),「통신사행에서 학예공화국으로(通信使行から
學藝の共和國へ)」(앞의 책, 2장의 각주5),「문인 연구에서 학예공화국으로(文人研
究から學藝の共和國へ)」(이 책의 3장에 해당하는 논문)를 참조하기 바란다.

더불어 이야기할 만한 이가 몇 명이나 있었습니까?'라고 묻자, 남옥
이 다음과 같이 대답한 것을 참고할 수 있을 것이다.

　　에도의 여러 현인들 중에 시부이 다이시쓰(井太室)·기무라 호라이
(木蓬萊)는 우리들이 더욱 잊을 수 없는 점이 있었습니다. 족하께서
오래지 않아 동쪽에 이르실 것이니, 저를 위하여 안부를 전해주시기
바랍니다. 나니와에서는 보쿠 고쿄(木弘恭)의 풍류, 고리(合離)의 재
화, 헤이안(平安)에서는 나와 시소(那波師曾)의 박학, 승려 지쿠조(竺
常)의 아의, 오와리주(尾張州)에서는 미나모토 세이케이(源正卿)의
위재, 오카다 기세이(岡田宜生)의 사율, 두 사람의 스승 겐운(源雲)의
풍망(豊望) 등이 모두 저희들이 더불어 경도된 바가 있었습니다. 나와
로도는 이들과 함께 에도에 갔고, 정호가 더욱 친밀해졌습니다. 족하
께서 만약 더불어 함께 하신다면 마땅히 저희들의 이 말이 아첨하는
것이 아니라는 것을 아실 것입니다. 안부를 전해주시면 좋겠습니다.[21]

　이 내용은 한양에 전해진 정보의 원형으로 간주된다.
　'시부이 다이시쓰(井太室)·기무라 호라이(木蓬萊)' 중 후자인 기무
라 호라이(木村蓬萊, 1716~1766) 또한 오와리 사람으로, 오규 소라이
및 이시지마 쓰쿠바(石島筑波, 1708~1758)에게 사사하고, 후에 아와카

21　『장문계갑문사』 2, "(秋月) 江戶諸彦中, 井太室、木蓬萊僕輩尤所惓惓者, 知足下
　未久東赴, 望爲僕致意。浪華 木弘恭之風流、合離之才華、平安 那波師曾之博學、
　釋竺常之雅義、尾張州 源正卿之偉才、岡田宜生之詞律、二子之師源雲之豊望, 皆
　僕輩所與傾倒, 而那波與之同往江都, 情好尤密。足下若與從容, 當知僕輩此言非阿
　好之比。幸爲致意。"

쓰야마번(安房勝山藩)의 유학자가 된 인물이다. '미나모토 세이케이
(源正卿)'는 이소가이 소슈(磯谷滄洲, 1737~1802)로 마쓰다이라 군잔
(松平君山)의 문하생이다. '오카다 기세이(岡田宜生)'는 오카다 신센(岡
田新川)이다. 두 사람의 스승 '겐운(源雲)'은 앞의 마쓰다이라 군잔
(1697~1783)이다. '풍망(豊望)'은 넘치는 인망(人望)을 말한다. 마쓰다
이라 군잔은 원현천에게 많은 제자 중 이소가이 소슈와 오카다 신센
말고는 '그 나머지는 녹녹하여 족히 열거할 수 있는 바가 아닙니다.'
라고 명확히 이야기하고 있다.[22] 그러한 응답에 드러난 평가가 약간
의 차이를 수반한 채 한양에 전해졌고, 위에서 살펴본 홍대용의 「일
동조아발」에도 수록된 것이다.

'재주'를 칭송받은 호소아이 도난이나 '학식'을 평가받은 다키 가쿠
다이, '문학'의 다이텐에 대해서는 이미 이전의 연구에서 이야기했기
때문에,[23] 이제부터는 지금까지 그다지 언급되지 않았던 인물에 대해
살펴보고자 한다. '시'에서 이름을 높인 오카다 신센은 마쓰다이라
군잔 문하의 수재로서, 번교(藩校)인 명륜당(明倫堂)의 교수를 했고,
잇따라 독학에 힘써 그의 『효경정주(孝經鄭注)』가 포정박(鮑廷博)의[24]
『지부족재총서(知不足齋叢書)』에 수록되는 등 다방면에서 활약한 인

---

22 『삼세창화』, "惟門人雖多, 能傳業者甚少. 有源滄洲者, 先日於起驛, 相見者也; 有
岡新川者, 今夕在席上. 其餘碌碌, 不足數矣."

23 다카하시 옛 원고는 이 장의 [원주6](각주20)과 [원주8](각주51)을 참조하기 바란다.

24 포정박(鮑廷博)은 중국 청나라 때의 장서가로 『고문효경공전(古文孝經孔傳)』, 『논
어의소(論語義疏)』를 수집하여 『지부족재총서(知不足齋叢書)』 30집을 출판하였
다. 이 총서에는 일본인 이치가와 간사이(市河寬齋)의 『전당시일(全唐詩逸)』도 수
록되어 있다.

물이다. 통신사와의 교류에서는 원현천에게 보낸 시가 윤광심(尹光心)의 『병세집(竝世集)』에 채록되어 있다.

강 머리 삼월에 백화가 날리고	江頭三月百花飛
길에 가득 찬 속세의 티끌이 객의 옷을 물들이네.	滿路紅塵染客衣
당신과 앉아 고담을 나누노라니	此夕高談君且坐
인간의 좋은 모임 또한 드물겠지.	人間好會也應稀

구력으로 '삼월'은 꽃이 한창 피는 시기이다. '홍진(紅塵)'은 거마가 왕래하는 곳에 솟아오르는 모래 먼지이다. '객의(客衣)'는 『표해영화(表海英華)』(1764년 간행)에는 '소의(素衣)' 즉 하얀 옷으로 되어 있다. '고담(高談)'은 풍성한 의론을 말한다. '호회(好會)'는 제후의 친선을 위한 회합인데, 공사(公私) 모두에 친분이 더해지는 듯한 기분의 좋은 회합은 좀처럼 없다는 것을 말한 것이다. 그러자 현천도 '남과 북으로 백년, 오늘 밤에 이별하네. 누대에서 어찌할 수도 없이, 샛별은 성기다네.'[25]라고 응했다. '샛별'은 새벽 무렵의 별과 같이 성기고 적은 것의 비유이다. 이처럼 즐거운 회합은 정말 드물다며, 현천도 맞장구를 친 것이다. 오카다 신센의 시에는 더욱이,

나에게 원대한 그릇이라 빈번히 칭해주시고,	向我屢稱遠大器
시를 말하고 도를 논하여 타일러주시네.	說詩論道何諄諄

---

25 오카다 신센(岡田新川), 『표해영화(表海英華)』, "南北百年今夜別, 樓頭無奈曉星稀"

〈묵매(墨梅)〉

라는 구절도 보이는데, 현천은 신센을 '원대한 그릇'으로 기대하여 지론인 주자학설을 선전했던 것이다.

젠카도와 병칭되었던 이메이(維明) 선사의 '그림'에 보이는 정신성에 대해서는 직접 작품을 마주했던 것 같지는 않다. 통신사가 가져간 작품은 아니지만 이메이 선사의 그림 중에서도 특히 〈묵매(墨梅)〉라는 작품이 평가가 높으므로 참고를 위해 도판을 게재한다.[26] 다이텐의 찬시도 왼쪽 위부터 떨어지듯 참신한 구도로 어울리고, 동적인 기구로 시작하고 있다.

한 그루 나뭇가지는 어디에 달려있는가   一株奚自懸
이 호연한 색을 잇네.   承此皓然色
곱고 예쁘게 반쯤 감싸   嫩蘂半相含
한층 더 그윽한 향기를 생각하게 하네.   轉令思馥馥

'호연(皓然)'은 흰 눈의 빛깔이다. 매화는 아직 '곱고 예쁜' 봉우리인데, 시인은 벌써 그윽한 향기를 즐기고 있다.

세이타 단소(清田儋叟, 1719~1785)의 「하야마 선사에게 답하는 글(復羽山師書)」에는 세이타 단소를 만나

---

26 교토문화박물관(京都文化博物館), 『교토 화가들의 번연「헤이안 인물지」로 보는 에도시대 교토 화단(京の繪師は百花繚亂「平安人物志」にみる江戸時代の京都畫壇)』, 교토문화박물관(京都文化博物館), 1998.

고자하는 남옥의 의향을 받아들인 이메이가 가마를 준비하는 등 다양
하게 마음을 썼음에도 불구하고, 결국 면담이 이뤄지지 않았던 전말
이 적혀있다.[27] 또 다이텐의 「새벽, 눈을 타고 돌아다니며 구경하다.
마침 이메이 상인이 문수전에서 내려와 만나다. 인하여 서로 못 주변
숲 사이를 배회하고 돌연 읊다(曉乘雪遊觀恰逢維明上人自文殊殿下來, 因
相與徜徉池邊林間率爾而賦)」라는 제목의 시도 한번 읽으면 선명한 인
상을 남겨 완연히 한 폭의 수묵화와 같은 아취가 있다.

> 산승은 지팡이 잡고 그윽한 길 지나고   山僧携杖過幽徑
> 도인은 화로를 잡고 해묵은 제단을 내려오네.   道者秉爐下古壇
> 함께 시와 그림의 속 뜻을 이야기하니   共言詩中畫中意
> 눈이 어찌 일찍이 다른 곳에 보이겠는가.   好雪何曾別處看
> 　　　　　　　　　　　　－『북선시초(北禪詩草)』 4, 1792년 간행

　결구에 '방(龐) 거사가 말하길, 송이송이 눈송이는 다른 곳에 떨어
지지 않네.(好雪片片不落別處)'라는 세주가 달려있는데, 당나라 때의
출가하지 않은 선자(禪者)인 '방거사(龐居士, ?~808)'의 시구를 인용하
여 눈이 내린 아침의 풍취를 함께 기뻐함을 읊고 있다. 다이텐이 '지
팡이'를 끌면서 배회하다가 '(작은) 화로'를 가지고 '문수전'에서 내려
온 이메이와 만났다. 그곳에서 시인과 화가는 '시 속의 그림, 그림
속의 시'에 대해 대화를 나누었고, 방거사의 구절 속 함의를 확인한

27　세이타 단소(淸田儋叟), 『공작루문집(孔雀樓文集)』 7, 1774년 간행.

것이다. 풍류를 넘어설 것은 없다.

이어서 '분엔(文淵)·다이로쿠(大麓)·쇼메이(承明)의 글씨'에 대해서
는 일본의 서예사에 몇 페이지를 가필하는 것이 가능할 지도 모르겠
다. 아사히나 분엔은 호가 겐슈(玄洲)로 오규 소라이의 문하생이며 오
와리번의 유히쓰(右筆)[28]로 근무했다. 『봉도유주(蓬島遺珠)』는 1719년
제9차 통신사의 제술관인 신유한(申維翰, 1681~?) 등을 응접한 기록이
다. 이 책에는 '내가 쓴 팔분(八分)과 초서(草書) 각 한 첩(帖)을 두 서기
와 서초(西樵)에게 보이고, 발어(跋語)를 청했다.'[29]라는 한 구절이 있
고, 이에 대하여 정사 서기 강백(姜栢, 1690~1777)[30]은

　　기해년에 내가 대필(戴筆)의 역할을 맡아 동국에 들어가 오와리주
　(尾張州)에 머물며, 아사히나 분엔의 글씨를 보았는데, 대개 필법이
　조자앙(趙子昂)과 같아, 기이하고 장쾌하며 깔끔하여 과연 범묵(凡
　墨)이 아니었다. 아, 아사히나 분엔이 글씨로 첩을 만들어내는 공력
　이 깊고도 신중했다. 어떤 것은 마음에서 얻어 신화(神化)한 것이 아
　닌지.
　　　　　　　　　　　　　　－「초서첩(草書帖)」, 『봉도유주』

라는 「발(跋)」을 썼다. 그의 「아나히나 분엔에게 드림(奉贈朝玄洲)」에

---

28 유히쓰(右筆) : 무인의 집에서 문서와 기록을 맡은 직위를 말한다.
29 아사히나 분엔(朝比奈文淵), 『봉도유주』, "余所書八分艸書各一帖, 示于二書記及西
　　樵, 以請跋語."
30 강백(姜栢) : 자는 자청(子靑), 호는 경목자(耕枚子).

는 다음과 같이 기록되어 있다.

내가 사절단을 따라 일본에 들어와 험한 산과 바다를 지나며, 누차 그 나라의 문장 하는 선비와 고금을 담론하고, 거의 한 나라의 뛰어난 인재를 모두 보았다고 여겼는데, 뜻밖에 또 오와리주에서 한 수재를 만났으니, 아사히나 분엔이 바로 그이다. 분엔은 옷의 무게도 이기지 못할 듯하나 글씨를 무척 잘 쓰니, 이왕(二王)과 안(顏)·류(柳)의 근골(筋骨)과 육간(肉䐗)을 체득하지 않은 바 없어, 한 획이라도 방심하지 않고 울연히 하나의 법가를 이루어 참으로 기이했다. 또 지은 시는 맑고 애처로웠으며, 더욱이 한문에도 뛰어났다. 한 사람이 어려운 세 가지를 하니, 진실로 통재(通才)였다. 내가 그와 하룻밤 웃으며 이야기를 나누고, 새벽이 되어서야 파하였는데, 아쉬워 차마 헤어지지 못하고, 돌아오는 때에 뒷일을 기약하였다. 에도에 들어가 분엔의 벗 엔시(援之)를 만났는데, 마치 분엔을 본 듯이 매번 분엔에 대해 말할 때마다 일찍이 감격하지 않음이 없었다.

'옷의 무게도 이기지 못할 듯'하다는 것은 신체가 약해 의복의 무게에도 견디지 못한 정도라는 형용이다. '이왕(二王)과 안(顏)·류(柳)'는 왕희지(王羲之)·왕헌지(王獻之) 부자와 안진경(顏眞卿)·유공권(柳公權)을 말한다. 유공권은 왕희지의 책을 학습했고 훗날 안진경에게 배워서 '안근유골(顏筋柳骨)'이라고 칭해졌다고 한다. 아사히나 분엔은 이들의 서법을 모두 체득하고 있었다는 것이다. '울연'하다는 것은 능력이 걸출한 모습이다. '법가'는 서법가이다. '뒷일을 기약하였다'는 것은 훗날 만나기로 기약했다는 것이다. '엔시(援之)'는 오카지마 간잔(岡島冠山, 1674~1728)의 자로, 소라이학파의 중국어 회화 스승이었다. 이를 통해 보면 분엔의 글뿐만 아니라 인품이나 시까지 인상 깊이 한양에 전해졌을 가능성이 있다.

또 강백이 아사히나 분엔에게, "공은 문자를 능히 해독하십니다. 어떻게 배우셨습니까?"[31]라고 묻자, 분엔이 답했다.

> 도쿄에 소라이라고 부르는 부쓰 모케이(物茂卿)란 분이 있는데, 내가 스승으로 모신지 여러 해입니다.[32]

아사히나 분엔을 비롯해 이때까지 통신사와 접하고 그 '풍류'를 평가받은 인물 중에는 소라이학파와 관련된 유학자가 적지 않았다. 이것은 전적으로 '심원하고 함축된 생각, 성대하고 웅장한 기상'[33]을 목표로 한 소라이학의 공헌에 힘입은 바가 클 것이다.[34]

이와 관련해서 홍대용뿐만 아니라 정약용(丁若鏞, 1762~1836)에게도,

---

31 『봉도유주』, "公能解漢音, 何以學之耶."
32 『봉도유주』, "東京有物茂卿號徂徠者, 余師事之有年矣."
33 오규 소라이, 『훤원수필(諼園隨筆)』 4, 『적생조래전집(荻生徂徠全集)』 제17권, 미스즈서방(みすず書房), 1976.
34 [원주7] 이 점에 관해서는 관점을 달리하나 남홍악(藍弘岳) 씨의 「소라이 학파 문사와 조선통신사 - '고문사학'의 전개를 둘러싸고-」(『일본한문학연구(日本漢文學研究)』 제9호, 니쇼가쿠샤 대학 동아시아학술총합연구소(二松學舍大學東アジア學術總合研究所), 2014)에서 사정을 상세히 밝히고 있다. 또한 오래전 논문이지만 졸고 「소라이 학파의 붕괴(徂徠學派の崩壞)」(『근세 문학과 한문학(近世文學と漢文學)』, 화한비교문학총서(和漢比較文學叢書) 7, 규코서원(汲古書院), 1988) 및 「문인사회의 형성(文人社會の形成)」(『이와나미 강좌 일본문학사(岩波講座日本文學史)』 9, 18세기의 문학(一八世紀の文學), 이와나미서점(岩波書店), 1998)을 참조하기 바란다.

지금 일본에 대해서는 걱정할 것이 없다. 내가 이른바 고학(古學) 선생 이토(伊藤)씨가 지은 글과 오규 소라이 선생·다자이 슌다이 등이 논한 경의(經義)를 읽어보니 모두 찬란한 문채가 있었다. 이 때문에 일본에 대해서 걱정할 것이 없음을 알겠다.[35]

  —「일본론」1, 『여유당전서(與猶堂全書)』1집 권12

라는 기록이 있어, 진사이학(仁齋學)이나 소라이학의 융성을 평화의 증거로 삼았다는 것을 엿볼 수 있다.

'쇼메이의 글씨'에 대해서는 호소아이 도난의 훌륭한 필적에 이어 쇼메이의 찬이 〈겸가아집도〉의 찬 부분에 배치되어 있다. 앞뒤로 이어진 명필에 이목을 뺏기지 않고, 쇼메이의 율의(律儀)에서 청결한 서체를 확인한 홍대용의 감식안은 좋다고 하지 않을 수 없다.

마지막으로 '난구(南宮)·다이시쓰(太室)·시메이(四明)·슈코(秋江)·로도(魯堂)

쇼메이의 글씨

---

35 "日本今無憂也. 余讀其所謂古學先生伊藤氏所爲文及荻先生太宰純等所論經義, 皆燦然以文, 由是知日本今無憂也."

의 갖가지 풍치'라고 하면, 곧바로 실상을 떠올릴 수 있는 사람은 적
을 듯 싶다. 아래는 이들 갖가지 풍치를 재현해 본 것이다. 우선 난구
다이슈(南宮大湫)는 『대추선생집(大湫先生集)』 속에,

> 1748년 여름 6월, 한사(韓使)가 내빙했다. 13일, 오와리주에 들어
> 왔는데, 나는 당시 오와리에 있었다. 겐시(元子)를 따라 그들이 묵고
> 있는 여관에 갔다. 보쿠 고타쓰(木公達)·마쓰다이라 시류(松平士龍)
> ·이키쓰시(伊吉之)·스가세이(須賀生)와 함께 느지막이 이르러, 학사
> 와 삼서기 및 의원 활암(活庵)을 만났다. 그들과 창수한 것이 자못
> 많았는데, 지금은 수록할 여유가 없다.
> ―『대추선생집』 5, 1764년 간행

라고 기술하면서, 제10차 제술관 박경행(朴敬行) 이하에게 증시를 이
어갔다.[36] 동행한 보쿠 고타쓰(木公達)는 오와리번의 유학자 기노시타
란코(木下蘭皋, 1681~1752)이고, '마쓰다이라 시류(松平士龍)'는 마쓰
다이라 군잔의 자이다. 「조선의 정사 서기, 진사 이자문(李子文)에게
보내다」에 '이름은 명계(命啓), 자는 해고(海皐)'라는 세주가 있고, 시
는 다음과 같다.

사신 중에서도 풍류를 간직한 서기에게　　　　　翩翩書記使臣中

---

[36] 제10차 사행은 1748년에 이뤄져 한국에서는 간지를 따 무진(戊辰) 사행이라고 부른
다. 일본에서는 연호를 따 부르는데 사행도중인 1748년 7월 12일 개원되었으므로
전후의 연호를 사용해 엔쿄(延享) 통신사 또는 간엔(寬延) 통신사라고 부른다.

두터운 은혜 입고 바라보니 군은 대국의	優渥看君大國風
풍모를 지녔네.	
명산의 뛰어난 흥취를 맞이할 수 있다면,	知有名山迎勝興
시편이 비로소 원유(遠遊)를 위해	詩篇始爲遠遊工
공교로워졌음을 알겠노라.	

원문의 '편편(翩翩)'은 풍류가 있는 모습이다. '우악(優渥)'은 천자의 은혜가 두터운 것이다. '대국'은 단순히 크기가 큰 것이 아니라, 오히려 느긋하고 재촉하지 않는 태도 등을 평가한 것이다. '사신'의 행동에서 '대국의 풍모'를 보았던 것이다.

더욱이 『남궁선생강여독람(南宮先生講餘獨覽)』에 의하면,

> 내가 왕년에 귀국의 제군들을 오와리의 쇼코인(性高院)에서 만났을 때, 해고(海皐) 이군(李君)이 우연히 써 보이기를 "군 또한 반주(畔朱)의 무리입니까?"라고 하였다. 나는 처음에 그 뜻을 이해하지 못해, 당황하여 이에 대해 "대저 요임금과 순임금을 조술(祖述)하고, 문왕과 무왕을 헌장(憲章)하며, 중니를 스승으로 숭상합니다. 학생이 받들 바는 이뿐입니다."라고 적었다. 이군은 대답이 없었다.
> ─『남궁선생강여독람』, 1764년 간행

라는 기록에서 보이듯, 제10차 통신사를 응접하며, 당시의 '반주(畔朱)' 즉 반주자학의 풍조에 비판적이었던 통신사 일행과 의견을 교환한 적이 있다. 이때 주자학을 기준으로 하지 않고, '요순·문무·중니'라는 원점으로 돌아가 구구절절 의론을 일축한 것은, 우연히도 홍대

용이 「원현천이 시골집으로 돌아갈 때 주다.(贈元玄川歸田舍)」에 "이
토는 이미 고관이었고, 소라이 또한 큰 선비라네. 사해에 모두 하늘
이 낸 백성이니, 뛰어난 재주 한 방법 아니러라."[37]라고 읊은 것과 같
은 자세를 보여준다. 홍대용은 또한 '몸을 닦는 것으로 백성을 구제하
면, 즉 이 또한 성인의 무리가 된다.'[38]고 서술하여, 진자이와 소라이
두 학문을 긍정하고 있다. 이에 비견되는 스케일이 이해고(李海皐)를
압도했을 것이다.

난구 다이슈는 나카니시 단엔(中西淡淵, 1709~1752)에게 사사하였
는데, 나카니시 단엔은 기노시타 란코의 문하에 있었으므로 소라이학
파의 흐름을 탔으나, "부문(浮文)을 억제하고 덕행을 먼저 하기를 자처
한다. 실리를 추구하며 헛된 공로는 없다."라고 전해지는 그의 가르침
은 소라이학파의 말류와 선을 긋고 있다. 제11차 통신사와는 '이마스
역(今須駅)' 등지에서 문인을 중개해 시문 창수를 거듭했다. 남옥으로
부터는 "보내주신 편지의 조목에는 순서가 있고, 의론에는 근거가 있
습니다. 동쪽으로 온 이래 비로소 강구할 만한 설을 얻었으니, 어찌
기쁘기만 하겠습니까."라는 답신을 얻었다.

'다이시쓰(太室)'의 인물상은 '막역'한 벗으로 부각되었다. 기무라
호라이가 임종을 앞두고 '물어보고 싶은 것이 있으니, 붓과 벼루를
가지고 오시오.'라고 하며 일부러 다이시쓰를 베개 맡으로 불러, '족
하께서는 천하의 호걸입니다.(足下天下豪傑)'라고 쓴 후 숨을 거두었

---

37 홍대용, 『담헌서』 3, "伊藤旣鳳擧, 徂徠亦鴻儒. 四海皆天民, 賢俊非一途."
38 홍대용, 『담헌서』 3, 「일동조아발」, "要以修身而濟民, 則是亦聖人之徒也."

다고 전해지는 에피소드 때문이다.[39] 임종 무렵에 이러한 유언을 남기는 사람은 드물 것이다.

'시메이(四明)' 즉 이노우에 시메이(井上四明)는 『사객평수집(槎客萍水集)』 건권(乾卷)에서 통신사에게 다음과 같이 자신을 소개하고 있다.

> 저의 성은 세이(井, 이노우에의 약칭), 이름은 센(潛), 자는 주류(仲龍)이며, 동도(東都) 사람입니다. 오랫동안 히가시덴다이산(東天臺山) 아래에 집을 짓고 살았기 때문에 호를 시메이산진(四明山人)이라고 합니다. 나이는 28살이며, 관직은 저희 읍에서 문학(文學)을 맡고 있습니다.[40]

'히가시덴다이산'은 우에노(上野)의 도에이잔(東叡山) 간에이지(寬永寺)를 가리킨다. 원현천은 귀로의 아카마가세키에서 다키 가쿠다이에게, '지난 시간 동안 시메이와 수창한 것이 가장 많았다.'고 회상했다. 시메이의 의외의 모습은 리쿠뇨(六如, 1734~1801)의 「미나모토 분류(源文龍)의 집에 모여 장난삼아 세이 시메이(井四明)에게 주다」라고 제목한 시를 통해서 알 수 있다.[41] 그 시에는 "세이 센(井潛, 이노우에 시메이)은 시텐다이(司天台)[42]의 속관이다. 성품이 술을 즐기지 않는

---

39 오카노 호겐(岡野逢原) 저, 나카노 미쓰토시(中野三敏) 교주, 『봉원기문(逢原記聞)』, 신일본고전문학대계 97, 이와나미서점(岩波書店), 2000.
40 『사객평수집』, "僕姓井, 名潛, 字仲龍, 東都人. 以舊家于東天台山下, 號四明山人. 春秋二十有八, 官敝邑之文學."
41 리쿠뇨(六如), 『육여암시초(六如庵詩鈔)』 5.
42 시텐다이(司天台) : 에도 중기에 설치된 덴몬카타(天文方)의 이름.

다."라는 세주가 달려 있고, 다음과 같이 읊고 있다.

일당에서 모여 각기 서로 대적하는데,　　　　　　　一堂各相適
모두 취했건만 군 홀로 깨어있네　　　　　　　　衆醉獨君醒
다만 걱정인 것은 이 밤의 모양새(象)니,　　　　祇恐今宵象
덕행의 별이 술의 별을 피하겠네.　　　　　　　德星避酒星

　'일당(一堂)'에 모여 '서로 대적'하는 것은 각각이 즐기는 일이다. 모두 취해 있는데, 시메이만은 '깨어' 있다. 그곳에서 리쿠뇨는 오늘 밤 별의 배치는 '덕성'이 '주성'을 피할 것이라고 말한다. '덕성'은 경성(景星)[43]이나 세성(歲星)[44] 등의 길조를 나타내는 별로, 또 덕이 있는 인물을 가리키니, 시메이를 비유한 것이다. '주성'은 주기성(酒旗星)이라고도 하며, 술을 관장하는 별의 이름으로 리쿠뇨 등 취한 인물들을 가리키고 있다. 시메이는 막부의 덴몬카타(天文方)[45]와도 관련 있는 술에 약한 인물로 알려져 있다. 「사명정선생묘표(四明井先生墓表)」에는 '말년에 천문에 대한 기대를 가지고, 임시로 역국(曆局, 덴몬카타)에서 조교를 했다.'라는 구절이 보인다.[46] '미나모토 분류(源文龍)'는 사와다 도코이다.

43　경성(景星) : 상서로운 별을 말한다.
44　세성(歲星) : 목성(木星)을 말한다.
45　덴몬카타(天文方) : 에도 막부에 의해 설치된 천체 운행 및 역(曆)을 연구하는 기관으로, 주로 달력을 만드는 일을 관장했다.
46　고큐 히사부미(五弓久文), 『사실문편(事實文編)』 43.

마지막으로 '슈코(秋江)'는 오카다 신센 문하의 히비노 슈코인데, 그의 『추강시고(秋江詩稿)』는 관견으로는 본 적이 없다. 산실된 것일까. '로도(魯堂)'의 '풍치'에 대해서도 남옥이 "나와 로도의 글과 말은 때때로 박아하여 들을만한 것이 많다. 또한 오랑캐 땅에서 생장한 것이 한스럽다."(『일관기』7)라고 기록한 것처럼 정보가 전해졌던 것을 알 수 있다.

3. 젠카도에서 북학파로

홍대용이 일본의 문아를 높이 평가하고 조선에는 물론 청나라에서도 쉽게 찾아보기 어렵다고 절찬한 이후, 이른바 북학파 지식인 사이에 언급이 계속 이어진 것은 볼만 한 일이다. 이덕무의 경우, 이웃집의 성대중에게 편지를 써서 〈겸가아집도〉는 '천하의 보물'이며 '천고의 절승'이므로, 잠시 빌려가 보고자 한다고 이야기한 것을 비롯해(『청장관전서』16) 그 후에도 언급을 반복하고 있다.[47] 박지원도 연행 도중 일부러,

> 일본은 강남과 통한다. 그러므로 명나라 말기의 오래된 그릇과 서화·서적·약재 등이 나가사키에 폭주한다. 지금 젠카도의 주인 보쿠

---

47 「청비록(淸脾錄)」, 『청장관전서』32 ; 「이목구심서(耳目口心書)」5, 『청장관전서』52 ; 「천애지기서(天涯知己書)」, 『청장관전서』63 등에 반복된다.

고쿄(木弘恭)는 자가 세이슈쿠(世肅)인데 장서가 3만 권이 있고, 중국의 명사와 많이 교류했다고 한다.[48]

— 「동란섭필(銅蘭涉筆)」, 『열하일기』, 『연암집』 15

라고 기록했을 정도이다. 또한 유득공은 스스로 『병세집(竝世集)』을 편집하면서 「일본」 부분 서두에 겐카도의 시를 넣었으며, 이서구에게 부탁받아 「일동시선서(日東詩選序)」를 집필했다.[49] 박제가(朴齊家, 1750~1805) 또한 「장난삼아 왕어양의 세모에 회인시를 짓다.(戲倣王漁洋歲暮懷人)」라는 시의 가장 마지막 5연에서 '다키 가쿠다이·지쿠조·고겐 대사 슈케이(光源大師周奎)·보쿠 고쿄·오카다 기세이의 아우 이슈(岡田宜生弟惟周)' 등의 일본 문인에 대해 쓰고 있다. 그중 겐카도에 대해 쓴 시는 이 책의 94쪽에서도 살펴보았던 다음과 같은 시이다.

가쿠한샤 안에서 강석을 여니　　　　　　　學半社中開講席
겐카도 속에 문인 유자가 성해지네.　　　　蒹葭堂裏盛文儒
풍류에 한이 없는 성 서기　　　　　　　　風流何限成書記
만 리에 휴대하고 온 아집도　　　　　　　萬里携來雅集圖

— 『정유각집』 초집

48　"日本通江南。故明末。古器書畵書籍藥料輻輳于長崎島。今蒹葭堂主人木氏弘恭。字世肅。有書三萬卷。多交中國名士云。"

49　유득공, 『영재집(泠齋集)』 7.

'가쿠한샤'는 호소아이 한사이가 연 사숙의 이름이다. '문인과 유자가 성한' 겐카도에서 '만 리' 파도를 넘어 전해진 〈겸가아집도〉가 한양 사람들 사이에서 관심을 끈 모습이 이 시에도 나타나고 있다. 여기에서도 '풍류'가 결정적인 근거가 되고 있는 것이 주목된다.

4. 통신사와 김정희

이렇게 한양에 전해진 일본의 문아를 계기로 해서, 1766년 홍대용은 북경을 여행하며 유리창(琉璃廠)에서 이따금 엄성·반정균·육비 등의 청나라 문인과 사귀며 '천애지기(天涯知己)'[50]가 되었다.[51] 1777년에 유금(柳琴, 1741~1788)은 『해동사가시(海東四家詩)』[52]를 편집해 북경의 이조원(李調元)[53]과 반정균에게 높은 평가를 받았다. 사가(四家)란 이덕무(당시 36세)·유득공(29세)·박제가(27세)·이서구(23세) 4인이다. 반정균은 홍대용의 '지기(知己)' 중 한 명이다.

그리고 이 연장선상에서 1809년 김정희가 부친 김노경을 따라 북

---

50 「항전척독(杭傳尺牘)」 속의 「건정동필담(乾淨衕筆談)」, 『담헌서』 외집 권 1–3.

51 [원주8] 졸고『동아시아의 문예공화국 −통신사·북학파·겐카도−(東アジアの文藝共和國−通信使·北學派·蒹葭堂−)』(이 책의 1장에 해당하는 단행본) 및 「동아시아의 반월호 −나니와·한양·북경−(東アジアの半月弧−浪華·ソウル·北京−)」(『계몽과 동아시아(啓蒙と東アジア)』, 18세기과연연구회(18世紀科研研究會), 2010)을 참조하기 바란다.

52 『한객건연집(韓客巾衍集)』이라고도 한다.

53 이조원(李調元) : 자는 우촌(雨村).

〈증추사동귀도시림모〉54

경을 방문해, 옹방강·이정원(李鼎元, 1750~1805)·완원 등과 교류한 모습은, 주학년(朱鶴年, 1760~1830)이 그린 〈증추사동귀도시림모(贈秋史東歸圖詩臨摹)〉를 통해 현장감 넘치게 전해지고 있다. 이 장에서는 김정희가 북경에서 만주족 사람의 시에 눈을 떴고, 귀국 후에는 일본 문인의 시문에 깊은 관심을 기울였다는 점에 주목해보고자 한다.

　　구선(臞仙)의 이름은 영충(永忠)이고 자는 거선(渠仙)이며 또 다른

54　실학박물관, 『연행, 세계로 향하는 길』, 전시 도록, 2010.

자는 양보(良輔)인데, 패륵(貝勒) 홍명(弘明)의 아들로 보국장군(輔國
將軍)에 봉해졌고, 저서에는 『연분당집(延芬堂集)』이 있습니다.

숭산(嵩山)의 이름은 영혜(永憲)인데, 강친왕(康親王) 숭안(崇安)
의 아들입니다.

저선(樗仙)의 이름은 서성(書誠)이고 자는 실지(實之)이며 또 다른
자는 자옥(子玉)인데, 봉국장군(奉國將軍)에 봉해졌고, 저서에 『정허
당집(靜虛堂集)』이 있습니다.

소국도인(素菊道人)의 이름은 영경(永璥)이고 자는 문옥(文玉)이며
또 한 자는 익재(益齋)인데, 보국공(輔國公) 홍진(弘晉)의 아들로서
저서에 『청훈당집(淸訓堂集)』이 있습니다.[55]

　　　　　－「권이재에게 주다(與權彝齋)」15, 『완당선생전집』3

위 네 사람은 '시와 그림 모두 절승'이었던 데다가, '육비·엄성과
두터운 교분을 맺고' 있었음에도 불구하고, 홍대용이나 박제가의 시
야에는 들어오지 않았다. 김정희는 이를 의아해 했고 '만주인을 소홀
히 해서는 안 된다'고 첨언까지 했으나, 이러한 사정은 지금까지도
그다지 변하지 않은 듯하다.

일본 문인에 대하여서는 「회인시체를 본떠 전에 들은 이야기를 두
루 서술해서 화박(和舶)에 부치니 오사카·나니와 사이의 여러 명승지
에 마땅히 이것을 알아줄 자가 있으리라」[56]라는 제목의 시를 통해 김

---

55 "臞仙名永忠, 一字渠仙, 又字良輔, 貝勒弘明子, 輔國將軍, 有延芬堂集. 嵩山名永
憲, 康親王崇安子. 樗仙名書誠, 字實之, 又子子玉, 奉國將軍, 有靜虛堂集. 素菊道
人名永璥, 字文玉, 又字益齋, 輔國公弘晉子, 有淸訓堂集."
56 이 책의 129쪽에 관련된 내용이 등장한다.

정희가 어떠한 경위로 이 문인들을 알게 되었는지 밝힐 수 있다. 이토 진사이와 오규 소라이의 서적을 접한 것으로 시작했으며, 고가 세이 리에 대한 언급 또한 있었던 것을 보면, 1811년 마지막 통신사가 가지 고 돌아온 작품을 일일이 살펴본 것임에 틀림없다.[57] 이 시에는 "내 서재에 고가 세이리의 대련이 있다.(余齋有精里對聯)"라는 세주까지 달려있다.

이어서 '사사모토 렌(篠本廉)' 즉 사사모토 지쿠도의 문장을 애독하고 있다고 말하며, 특히 「지연(紙鳶)」・「고동(古董)」 두 글을 격찬했다.[58]

그리고 '삼택방(三宅邦)' 즉 미야케 기쓰엔(三宅橘園, 1767~1819)에 대해서는 '준일(俊逸)'하고 출중하다고 절찬했다.[59] 미야케 기쓰엔은 미나가와 기엔(皆川淇園, 1734~1807)의 문하생으로『조어심상(助語審 象)』(1817년 간행)의 저자로 알려져 있다. 1811년 쓰시마에 도착한 통 신사와 필담창화를 나누었고,『계림정맹(鷄林情盟)』(1812년 간행)을 간 행했다.

나아가 '분초(文晁)' 즉 다니 분초에 대해서도 '분초의 그림 솜씨 절 묘하여, 흡사 동사백(董思白) 같다네. 먹을 잘 써 윤기가 도니, 파란 안개 무르익어 떨어지려네.'라고 하여 그의 특징을 잘 포착하였으며, '후지산(富士山)' 그림이 안석에 있다고도 했다.[60] '동사백'은 명나라

---

57 [원주9] 마지막 통신사에 대해서는 졸저『구사바 하이센(草場佩川)』(사가위인전(佐 賀偉人傳), 사가조 혼마루 역사관(佐賀城本丸歷史館) 11, 2013)에서 일부 언급했다.

58 "邇來和人文, 頗愛篠本廉.⋯⋯ 紙鳶古董二文, 皆篠作, 大有典則" '사사모토 렌'과 관련된 김정희의 시는 이 책 179쪽에 실려 있다.

59 "俊逸三宅邦, 超拔出等夷."

문인 화가 동기창(董其昌, 1555~1628)[61]이다.[62]

이어서 아시카가 학교(足利學校)를 화제로 하였다. 야마노이 데이(山井鼎, 1680~1728)와 네모토 손시(根本遜志, 1699~1764)가 지은 『칠경맹자고문(七經孟子考文)』(1731년 간행)이 청나라에 전해져 『사고전서(四庫全書)』에 수록되었으며, 1797년 완원(阮元)의 서문이 달려 간행된 것을 접한 김정희는 '완부자(阮夫子)' 즉 완원이 이 책을 '뛰어나다'며 칭찬하는 것을 직접 귀로 들었다고 기록하였다.[63] 무엇보다 아시카가 학교에 대해서는 이미 다키 가쿠다이가 성대중에게 '근래 소라이 선생의 숙생(塾生) 기이국인 야마노이 데이가 같고 다름을 교감해 『칠경맹자고문』을 관각하여 해내에서 간행하였는데 옛것을 좋아하는 문사들이 기이한 보배로 여겼다.'라고 전한 적이 있다.[64]

이어 하야시 줏사이가 찬한 『일존총서』를 거론한 뒤, 드디어

전각에는 한나라의 법이 남아있으니　　　　篆刻有漢法

---

60 "文晁妙畫諦, 恰似董思白. 淋漓善用墨, 煙翠濃欲滴. 流觀名山圖, 富士在几席"

61 동기창의 호가 사백(思白)이다.

62 [원주10] 분초와 동아시아 미술의 관련성에 대해서는 이타쿠라 마사아키(板倉聖哲) 「막부 말기 동아시아 회화 컬렉션의 사적 위치-다니 분초의 시점에서-(幕末期における東アジア繪畫コレクションの史的位置-谷文晁の視点から-)」(『미술사논총(美術史論叢)』, 도쿄대학대학원인28(東京大學大學院人28) 문사회계연구과·문학부미술사연구실(文社會系研究科·文學部美術史研究室), 2012)가 참고가 된다.

63 "七經與孟子, 考文析樓細. 昔見阮夫子, 嘖嘖歎精詣. 隨月樓中本, 翻雕行之世. [余入中國, 謁阮藝臺先生, 盛稱七經孟子考文, 以揚州隨月讀書樓本, 板刻通行.]"

64 『장문계갑문사』2, 1764년 5월 21일 필어, "近祖徠先生塾生紀人山重鼎校讎異同, 官刻七經孟子考文, 行於海內, 好古之士, 以爲奇寶焉."

정아하기도 해라, 겐카도여.[65]　　　　　　　　　精雅兼葭堂

라며 '겐카도'의 전각에 대해 언급한다. '전각에 한나라의 법이 있다.'
는 것은 진한의 고법(古法)을 소급한다는 뜻이다. '정아'하다는 것은
맑고 좋은 품질을 말한다. 겐카도의 전각은 후쿠하라 쇼메이의 전각
과 함께 남옥 이하 통신사에게 증정되었다. 그리고 그의 『동화명공인
보』(1764년 3월)를 김정희도 직접 본 것으로 보인다.[66] 이후 나라에서
먹을 파는 오래된 점포인 고매원(古梅園)에까지 언급이 미치고, 겐로
쿠(元祿) 무렵의 주물사 '히토미 이즈미노카미(人見和泉守)' 후지와라
시게쓰구(藤原重次)까지, 많은 일본의 문물이 거론되고 있다. 이것들
은 광범위 한데다가 무엇보다 깊은 이해에 기초한 평가로서 주목할
가치가 있다.

　이렇게 18세기 동아시아에 있어서 문인 간의 교류의 자취를 좇아본
결과, 중요하다고 확실하게 이야기할 수 있는 것은 '재학(才學)'과 '풍
아(風雅)'가 매우 깊고 넓게 사람들을 연결하고 있었다는 점이다. 이
러한 논의가 그러한 문인 사회의 양상을 밝혀주고, 문인 사회의 매력
을 해명해주는 단서가 된다면 기쁘겠다.

65　이 책의 129쪽에 이 구절이 포함된 오언율시를 실어 놓았다.
66　[원주11] 졸고 「전각이문(篆刻異聞) - 기무라 겐카도부터 이현상까지 - (篆刻異聞-
　　木村蒹葭堂から李顯相まで-)」(이 책의 2장에 번역된 논문)을 참조하기를 바란다.

문인 연구에서 문예공화국으로[1]

1. 문인의 계보

우라카미 교도(浦上玉堂, 1745~1820)와 다노무라 지쿠덴(田能村竹田, 1777~1835) 두 사람은 일본 근세 후기를 대표하는 문인으로서 널리 알려진 빼놓을 수 없는 존재이다. 그러나 다노무라 지쿠덴을 향한 풍부한 언급에 비해 우라카미 교도에 대해서는 그 정도의 언급이 없는 것처럼 보이는 것은 전자가 수다쟁이였던 것에 비해 후자는 과묵했던 데에도 원인이 있을 것이다.

지금으로부터 200년 전의 두 사람에게 접근하려 했을 때, 다노무라 지쿠덴과는 달리 우라카미 교도에게는 용이하게 접근할 수 없었다. 마침 그 무렵, 이마가사키시 종합문화센터(尼崎市總合文化センター)의 '문인화전'을 관람할 기회가 있었다. 그곳에서 다노무라 지쿠덴의 〈낭

---

1 이 장은 다음 논문을 번역한 것이다. 高橋博巳, 「文人研究から學藝の共和國へ」, 二松學舍大學人文論叢 93, 『二松學舍大學人文學會』, 2014.

〈낭화교조망도〉

화교조망도(浪華橋眺望圖)〉의 아득한 풍치에는 즉시 빨려 들어갔으나, 우라카미 교도의 그림에는 발붙일 곳이 없는 듯 느껴졌다.[2] 이후 20년 이 흘렀고 다노무라 지쿠덴에 대해서는 세세한 것까지 이야기를 전할

2　[원주1] 미즈타 노리히사(水田紀久) 선생의 가르침으로 보게 된 본 전시는 나의 문인 연구의 출발점이 되어, 이후 높으신 가르침을 받아 지금에 이르렀다. (도록, 『근세문 인화명작전－명가의 작품을 한번에(近世文人畵名作展－名家の作品を一堂に－)』, 이 마가사키총합문화센터(尼崎總合文化センター), 1990) 나가시마 히로아키(長島弘 明) 씨의 소개에 따른 것이었다. 또 그 무렵 지쿠덴 연구에 착수하려고 한다는 것을 들은 야마네 유조(山根有三) 선생은 오이타현선철총서(大分縣先哲叢書)의 『죽전집 (竹田集)』과 함께 『이데미쓰 미술관 소장품 도록·다노무라 지쿠덴(出光美術館藏品 圖錄田能村竹田)』(헤이본샤(平凡社), 1992)을 전광석화와 같은 기세로 부쳐주셨을 뿐만 아니라, 이데미쓰 미술관(出光美術館)의 근세회화연구회에도 불러주셔서 지 쿠덴의 사적을 가까이에서 보면서 발표할 수 있게 해주시는 등의 도움을 주셨다. 당시 도움 받은 일들을 지금도 잊을 수 없다. 그간 가미야 히로시(神谷浩)·구로다 다이조(黑田泰三) 두 분께도 신세를 졌다.

수 있게 되었으나, 우라카미 교도에 대해서는 언급할 기회가 좀처럼 없었다.[3] 그러다 지난 가을(2013), 오하라 미술관(大原美術館)에서 열린 '우라카미 교도 심포지엄'에서 나에게도 시인 우라카미 교도를 이야기할 기회가 주어졌고, 다시금 우라카미 교도의 주변을 포함해 관련 시문을 읽게 되었다. 이때, 그때까지 흐리멍덩한 채였던 상(像)의 초점이 드디어 매듭지어지는 기분이 들었다. 일찍이 클리블랜드 오케스트라(The Cleveland Orchestra)의 레코드(SONG 10174)를 듣고,

　　　상쾌한 것이 하이든(Franz Joseph Haydn)의 음악이 떠오른다.

라는 구절을 지으면서도 하이든의 미소를 깨닫지 못하고, 노년이 되어 드디어 그 매력에 눈을 뜨기까지 적지 않은 세월을 요했던 것처럼, 적합한 연령이 되지 않으면 알 수 없는 것도 있는 듯하다.

　이와 유사하게 문인 우라카미 교도의 성립에 기무라 겐카도가 깊이 관여하고 있었다는 것을 간과했던 것도 부끄럽기 그지없다.[4] 다노무라 지쿠덴과의 단 한 번의 만남과 함께 겐카도라는 존재의 거대함에

3　[원주2] 『옥당금사집(玉堂琴士集)』(다이헤이 문고(太平文庫) 59, 다이헤이 서옥(太平書屋), 2008)에 해설 「우라카미 교도 - 거문고·시·그림·벗 - (玉堂-琴·詩·畵·友-)」이 집필되어 있는 것은 적잖이 예외적이 일이다. '훈독'과 '서지'는 사이다 사쿠라(齋田作樂) 씨의 노고였고, 가와구치 겐(川口元) 씨의 추천이 있었다.

4　[원주3] 상세한 내용은 졸고 「문인 교도의 탄생 - 우라카미 효에몬에서 교도 긴시로 - (文人玉堂の誕生-浦上兵右衛門から玉堂琴士へ-)」(『교토의 편영 - 심포지움 우라카미 교도 2013(玉堂片影-シンポジウム浦上玉堂2013-)』, 우라카미가사편찬위원회(浦上家史編纂委員會), 2014)를 참조하기 바란다. 모리야스 오사무(守安收) 씨의 추천에 따른 것이다.

새삼스레 놀람과 동시에, 지금은 겐카도라고 하면 동아시아의 문예
공화국 성립에 결정적인 공헌을 한 인물로서 주목받고 있기도 해서,
여기에서는 이러한 넓은 짜임새 속에서 문인들의 활동을 다시 살펴보
고자 한다.[5]

2. 한양의 지식인 눈에 비친 일본의 풍아(風雅)

1763년에서 1764년에 걸친 사행[6] 당시 일본을 방문해 각지에서 다

---

5 [원주4] 우라카미 교도·다노무라 지쿠덴보다 앞선 문인에 대해서는 우선 「문인 다이
   가의 본모습(文人大雅の素顔)」(고바야시 다다시(小林忠) 감수, 『이케노 다이가의
   중국에 대한 동경(池大雅中國へのあこがれ)』, 규류도(求龍堂), 2011) 및 「에도 문인
   의 도원향(江戸文人の桃源鄕)」(하가 도루(芳賀徹) 감수, 『도원 만세! 동아시아 이상
   향의 계보(桃源萬歲! 東アジア理想鄕の系譜)』, 오카자키시 미술박물관(岡崎市美術
   博物館), 2011)을, 중국 문인에 대해서는 「청조문인의 매력(淸朝文人の魅力)」(『다
   이헤이 시문(太平詩文)』 반백기념특대호(半百記念特大號) 다이헤이시옥(太平詩
   屋), 2011), 「정경과 황이를 둘러싼 사람들(丁敬と黃易をめぐる人々)」(요시다 고헤
   이(吉田公平) 편, 『철학 자원으로서의 중국 사상(哲學資源としての中國思想)』, 겐
   분출판(硏文出版), 2013)을 참고하고자 한다. 한중일을 아울러서는 비교적 근년에
   집필한 졸고 「한양에 전해진 에도 문인의 시문－동아시아 학예공화국으로의 도움
   닫기－(ソウルに傳えられた江戸文人の詩文－東アジア學藝共和國への助走－)」(가
   사야 가즈히코(笠谷和比古) 편, 『18세기 일본의 문화 상황과 국제 환경(一八世紀日
   本の文化狀況と國際環境)』, 시분카쿠출판(思文閣出版), 2011)와 「18세기 동아시아
   를 왕래한 시와 회화(十八世紀東アジアを行き交う詩と繪畵)」(앞의 책, 2장의 각주
   5) 및 「통신사행에서 학예공화국으로(通信使行から學藝の共和國へ)」(앞의 책, 2장
   의 각주5)을 참조하기 바란다.
6 제11차 통신사행은 1763년 10월 6일 부산을 출발해 일본에 도착해 1764년 6월 22일
   부산으로 돌아왔다. 통신사 파견 목적이라고 할 수 있는 국서 전달식이 1764년 2월
   에 거행되었기 때문에 1764년의 간지를 따서 갑신 사행이라고 하기도 하며, 출발한

양한 교류를 펼친 통신사 일행이 전한 일본 정보는, 한양의 지식인
사이에서 각별한 주목을 받았던 것 같다. 그 대표적인 인물인 홍대용
이 만난 적 없는 일본의 문인을 「일동조아발(日東藻雅跋)」 속에서 하
나하나 열거하며 높이 평가하고 있는 구문이 이 책의 85쪽에 요약
제시되어 있다. 여기에서 그 전문을 다시 살펴보도록 한다.

> 도난(斗南)의 재주, 가쿠다이(鶴臺)의 학문, 쇼추(蕉中)의 문장, 신
> 센(新川)의 시, 겐카(蒹葭) · 하야마(羽山)의 그림, 분엔(文淵) · 다이로
> 쿠(大麓) · 쇼메이(承明)의 글씨, 난구(南宮) · 다이시쓰(太室) · 시메이
> (四明) · 슈코(秋江) · 로도(魯堂) 갖가지 풍치는 우리나라에서는 말할
> 것도 없고, 이것을 제노(齊魯)와 강좌(江左) 사이에서 구하려 해도,
> 또한 이때까지 쉽게 얻지 못했다. 하물며 많은 사람들이 반드시 엄선
> 하려 한 것이 아니니, 그 나머지 사람들도 족히 상상할 수 있다. 어찌
> 우리나라와 멀리 떨어진 지역이라고 경시할 수 있겠는가. 그러나 문
> 풍을 다투고 무력을 떨치지 않아, 기교가 날로 흩어지고 칼날이 날로
> 무디어지고 있으니, 서쪽 이웃인 우리나라도 아울러 그 복을 받으니
> 그 이익이 얼마나 넓겠는가.
>
> —『담헌서』 3

여기에 열거된 호소아이 도난의 '재주', 다키 가쿠다이의 '학문',
쇼추 즉 다이텐(大典)의 '문장', 오카다 신센의 '시', 겐카도와 이메이

해를 기준으로 하여 계미 사행이라고 하기도 한다. 한편, 일본에서는 당시의 연호를
따 통신사행의 명칭을 삼는데, 1764년 6월 2일을 기점으로 호레키(寶曆)라는 연호
가 메이와(明和)로 바뀌어서 두 연호를 혼용하기도 한다.

(維明, 1731~1808)[7]의 '그림', 아사히나 분엔(朝比奈文淵, ?~1734)과 구사바 다이로쿠(草場大麓, 1740~1803)와 후쿠하라 쇼메이의 '글씨', 난구 다이슈(南宮大湫, 1728~1778)와 시부이 다이시쓰(澁井太室, 1720~1788), 이노우에 시메이, 히비노 슈코(日比野秋江, 1750~1825), 나와 로도의 '갖가지 풍치'는 일본인 학자들 사이에서도 두루 알려지지 않았었다. 홍대용은 이들의 갖가지 풍치가 자신 주위는 물론, '제노·강좌의 사이', 즉 공자나 맹자의 고향 및 장강(長江)의 왼쪽 기슭인 강소(江蘇)·절강(浙江) 두 성(省) 근처에서조차 발견하기 어렵다고 말한 것이다.

게다가 이들은 특별하게 '엄선'된 것이 아니라, 통신사 일행과 드문드문 만났던 인물들에 지나지 않는다. '그림'이나 '글씨'라면 그 작품을 보고 일목요연하게 알 수 있지만, 뭐라고 말하기 어려운 '갖가지 풍치'와 같은 것은 실제로 만났던 사람이 아니라면 알기 어려운 것이다. 따라서 홍대용은 벗의 여행 이야기를 그대로 받아들였던 것이다. 이렇게 '멀리 떨어진 지역'인 일본에 '문풍'이 성해지면, '서쪽 이웃'에 근접한 '바다 동쪽(左海)' 즉 조선 반도도 '복'을 공유하는 것이 가능하므로, 홍대용은 이러한 변화를 환영했다. 이것은 무엇보다 이 통신사행으로부터 11년 후에 북경을 여행하던 항주와 절강의 문인과도 '천애지기(天涯知己)'가 된 인물의 말이기에 중요하다.

위에 열거된 인물의 분포를 보면, 도난·다이텐·이메이·겐카도·쇼메이 5인은 겐카도 그룹으로 열거하는 것이 가능하다(대략 3분의 1).

---

7 이메이(維明) : 호는 하야마(羽山).

신센·분엔·난구·슈코 4인은 오와리번(尾張藩)의 관계자이다(4분의 1 미만) 가쿠다이·다이로쿠 두 사람은 조슈번(長州藩)에 속한다(7분의 1). 그리고 다이시쓰·시메이·로도 등은 개별 사례이다. 시부이 다이시쓰는 시모우사(下總) 사쿠라(佐倉) 사람으로 사쿠라 번주의 반독(伴讀)이었다. 이노우에 시메이는 에도 사람이면서 비젠번의 유학자였다. 나하 로도는 통신사 일행을 수행하며 『동유편』(1764년 간행)을 남겼듯이 통신사와의 접촉 기회가 가장 많았던 인물이다. 또 이후의 일이지만, 일본 내에서는 『학문원류(學問源流)』(1799년 간행)의 저자로 유명한 인물이다. 이렇게 보면 겐카도 그룹의 우세는 명백하지만, 그 덕분에 간과되어왔던 감이 있는 '신센의 시' 이하 오와리번 관계 문인들과 개별 사례들도 다시 검토해볼 필요가 있을 것이다.

　한양에서는 이러한 일본 문인에 대한 관심이 다음 세대에도 전해졌다. 이덕무의 『이목구심서(耳目口心書)』 권5에 보이는 다음과 같은 글이 그 일례이다.

　　지쿠조(竺常)의 서문에 이르길,
　　겐카도의 모임은 글로써 함께 한 것이다. 그러나 사람이 각각 뜻을 달리하고 그 도(道)도 같지 않은데도, 능히 흡족하게 즐거워하고 기쁘게 여기는 것이 어찌 한갓 글로써 한 것일 뿐이겠는가. 대개 다른 것은 배반하기 쉬운데, 세이슈쿠(世肅)가 능히 이것을 화(和)로써 조화롭게 했다. 같은 것은 빠져 흐르기 쉬운데 세이슈쿠가 능히 이것을 예로써 정돈했다. 이것이 겐카도에 모이게 된 까닭이다. 세이슈쿠가 이미 예와 화로써 문유(文儒)·운사(韻士)와 사귐을 맺고 한 고을 한 나라를 가지고 천하에 이르렀으니, 이 사람을 겐카도 위에서 찬양하지 않는 이가 없다. 세이슈쿠의 사귐이 또한 풍족하지 않겠는가.

　이번에 조선의 여러 공이 동쪽에 이르러 만났는데, 세이슈쿠와 같은 이가 관소에서 공들을 뵈니, 세이슈쿠를 좋아하기가 예부터 서로 알아온 듯하였다. 그 후 돌아갈 때에 이르러 용연(龍淵)[8] 성공(成公)이 세이슈쿠에게 청하여 〈겸가아집도〉를 그리게 했다. 함께 모인 이들이 각기 그 말미에 제하여 이르길 '가지고 돌아가서 만 리의 그리운 얼굴로 삼으십시오.'라고 했다. 아아, 성공의 마음은 몸을 겐카도에 둔 이와 어찌 다를 것이 있겠는가. 세이슈쿠의 사귐이 한 고을 한 나라에서 사해에 이른다는 것은 두말할 것도 없구나. 대저 지금 어찌해서 이것을 이역만리 밖에서 얻었는가. 오직 국가의 큰 빈객(賓客)을 소중하게 모셨다고 말할 수 있다. 그러나 그 사사로이 보고 즐거워하는 데 이르러서는, 돌아보건대 세이슈쿠가 무리로 하여금 그렇게 하게 한 것이다. 세이슈쿠가 예가 있고 또 조화롭게 하였음에도 국가가 관여한 바가 아니었다면 능히 이와 같을 수 있었겠는가. 나도 글이 도(道)는 아니나 또한 성공(成公)의 보아주심을 얻은 것이 세이슈쿠와 같았다. 이역만리의 사귐에 감격하여 속으로 쌓인 것을 밖으로 드러내지 않을 수 없었기에 〈겸가아집도〉에 후서(後序)를 짓는다.

　일본 호레키(寶曆) 14년 갑신(甲申) 5월 4일, 오우미 지쿠조(淡海竺常)가 나니와의 교거(僑居)에서 쓰다.

―『청장관전서(靑莊館全書)』 35

　이것은 '지쿠조(竺常)' 즉 다이텐의 「겸가아집도서(蒹葭雅集圖書)」를 그대로 베껴 인용한 것으로, 「청비록(淸脾錄)」(『청장관전서』 32)이

8　용연(龍淵) : 성대중의 호이다.

나 「천애지기서(天涯知己書)」(『청장관전서』 63)에서도 언급을 반복하고
있을 만큼 깊은 영향을 받았던 것으로 보인다. '예(禮)'와 '화(和)'의
정신에 기초해 형성되어 있는 문인 집단에 대한 공감과 찬미가 여기
에 확실히 표현되어 있다. 이러한 문명 작법이 '이역만리 밖'까지 전
해진 의의는 적지 않다.

3. 천애지기

　1766년 홍대용은 북경에서 엄성·반정균·육비와 만나 마침내 '천애
지기'의 사귐을 맺었다. 엄성은 홍대용에 대해 다음과 같이 기록했다.

　　2월 8일, 내가 여관에 들려 심성의 학문에 대한 많은 이야기를 나
　누어보니 진실로 순유(醇儒)였다. 재주가 실로 태어난 땅에 제한되
　겠는가.
　　12일, 다시 객관으로 왔다. 3번째 지나는 것이었다. 많은 이야기를
　나누었기에 모두 기록할 수 없었다. 다만 이야기하기를 '우리들이 끝
　내 다시는 볼 수 없는 것이 매우 심통합니다. 그러나 이것은 소사(小
　事)입니다. 원컨대 각기 스스로 노력해서 피차 지인의 명성을 등에
　업지 않기를 바랍니다. 이것이 대사(大事)입니다. 유유자적하다가 기
　회를 놓치는 일 없기를. 이생에서 훗날 각각 이루는 바가 있기를. 그
　렇게 된다면 만 리를 거리에 두고도 다만 아침저녁으로 무릎을 맞댄
　것뿐이겠습니까.'라고 했다. 또 이야기하기를 '우리나라에 매년 입공
　하니 편지는 1년에 한 차례 부칠 수 있습니다. 만약 내 서신을 보지

못하신다면 이것은 제가 두 형님을 잊은 것이거나 혹은 죽은 것이겠
지요.'라고 했다.

-『철교전집(鐵橋全集)』 4, 서울대학교도서관 소장

사는 장소에 한정되지 않은 '재주'가 여기에서도 결정적인 수단이
되고 있다. 거기에 '다른 날 각각 이루어 소유하기를'이라는, 언젠가
각각 점유하고 있는 장소에서 성취해야 할 일에 대한 기대가 서술되
어 있는 점에 주목하고자 한다. 이 말에는 문예공화국의 목표가 정확
하게 언급되고 있다. 홍대용에게는 실학의 수립이라는 명확한 목표
가 있었다. 거기에 통신사의 경우와 달리, 연행사는 매년 북경에 파
견되었기 때문에 '편지를 1년에 1번씩 부칠 수 있다.'고 말할 수 있듯
이 쌍방향 소통이 가능했다.

이윽고 홍대용의 뜻을 이은 젊은이들의 시가『한객건연집(韓客巾衍
集)』으로 정리되어 북경에 전해졌고, 거기에 이조원(李調元, 1734~
1802)과 반정균 두 사람이 각각 서문과 평을 써주었다는 아름다운 이
야기도 잊을 수 없다. 이 책에 수록된 것은 앞서 이야기한 이덕무
이외에, 유득공·박제가·이서구로, 각각 이후에 북경을 방문했다. 이
중 한 명인 박제가는 「회인시(懷人詩)」를 통해 '남천 이병수(伊南泉秉
綬)'에 대해 다음과 같이 읊었다.

정주 일만리에,	汀州一万里
남천이 실로 으뜸이라네.	南泉寔冠冕
글은 채양(蔡襄)과 어깨를 나란히 하고,	書摩蔡襄肩

시구는 고병(高棅)이 뽑은 것과 가깝네.   句卑高棅選
산당에서 이틀 동안 이야기하며   山堂話雨夜
누구를 위하여 등촉을 잘랐던가.   爲誰燈火剪

－『정유각집(貞㽔閣集)』3

'정주(汀州)'는 이병수(伊秉綬, 1754~1815)의 고향으로, 복건성(福建省) 정주부(汀州府) 영화현(寧化縣)을 말한다. '남천'은 이병수의 호이다. 원문의 '관면(冠冕)'은 제1인자를 말한다. '채양(蔡襄, 1012~1067)'은 북송의 정치가로, 소식(蘇軾)이나 황정견(黃庭堅) 등과 함께 글에 이름이 높았다. '고병(高棅)'은 명나라 고정예(高廷禮, 1350~1423)로 박학하고 글씨에 능한 인물이라 시·서·화 삼절로 칭해졌으며『당시품휘(唐詩品彙)』등을 편찬했다. 그 책에 수록된 시들이 우수하고도 졸렬하지 않다고 한 것은 이병수의 시를 평가한 것이다. 이병수는 글씨 방면에서는 예서를 잘 쓰는 것으로 알려져 있다. 건륭 54년(1789) 진사로 혜주(惠州)와 양주(揚州)의 지부(知府)가 되어 선정을 베풀었고, 그의 학문은 기윤(紀昀, 1724~1805)에게서도 인정받았으며, 가는 곳마다 못하는 것이 없는 문인 관료였다.[9] 시집『유춘초당시초(留春草堂詩鈔)』는 현재 구글북스(google books)에서 무료로 다운로드 가능한 접근하기 용이한 텍스트이다. 그중「고려의 검서 박제가가 자국에 돌아하는 것을 전송하다(送高麗朴檢書齊家歸國)」라는 제목의 시를 인

---

9 [원주5] 이병수(伊秉綬)에 대해서는『청이병수작품집(清伊秉綬作品集)』(서적명품총간(書跡名品叢刊), 니겐샤(二玄社), 1970) 및 왕동매(王冬梅),『이병수(伊秉綬)』(역대명가서법경전(歷代名家書法經典), 중국서점, 2013)를 참고했다.

용해보자.

부상은 동해의 물이요,	扶桑東海水
양류는 봄바람으로 이뤄진 성이로다.	楊柳春風城
상국의 꽃이 이야기를 열고	上國花開譙
먼 하늘의 달이 동행하는구나.	遙天月伴行
글은 능히 역어를 통하고	文能通繹語
시는 곧잘 내 소리를 잇네.	詩解繼吾聲
유서 있는 곳을 방문하고자 하는 것은	欲訪遺書在
아득한 기자의 정이라네.	悠然箕子情

－『유춘초당시초』 2

5, 6구에 '글은 능히 역어를 통하고, 시는 곧잘 내 소리를 잇네.'라고 한 것처럼, 양자 간의 소통은 완벽했다. '역어(繹語)'란 이어지는 말이다.

이처럼 중국 문인과의 친밀한 교류는 나빙(羅聘, 1733~1799)이 그린 박제가의 초상을 통해서도 엿볼 수 있다. 박제가는 귀국한 후 『북학의(北學議)』를 지어 유용한 학문을 제창하는 한편, 「학산당인보초석문서(學山堂印譜抄釋文序)」(『정유각집』 1) 등을 집필해 예문의 세계에 있어서도 놓칠 수 없는 공헌을 했다.

2005년 봄, 한국의 18세기 학회에 초빙되어 성균관대학에서 '이언진의 옆모습'이라는 제목으로 발표했을 때, 정민 교수로부터 『학산당인보기(學山堂印譜記)』를 선물로 받고, 돌아오는 기내에서 '배우기를 좋아하는 사람은 비록 죽더라도 산 것과 같고, 배우기를 좋아하지

나빙이 그린 박제가의 초상

않는 자는 비록 살았더라도 걸어 다니는 시체요, 달리는 고깃덩어리일 뿐이다.(好學者雖死若存, 不學者雖存, 行尸走肉耳.)'로 시작하는 전각 및 운치 있는 인문(印文)을 즐길 새도 없이 나고야 주부 공항(中部空港)에 도착했고, 곧 권두에 박제가의 「서(序)」 한글 번역이 실려 있는 것을 알아차린 일이 있

好學者雖死若存, 不學者雖存,
行尸走肉耳

다.[10] 또 안대회 교수에게는 전부터 『북학의』의 복사를 전송받았었는데, 이후 '완역정본(完譯定本)'이라고 이름을 내건 『북학의』를 감사히

받은 것이 있다.[11] 박제가에 얽힌 추억으로 잊기 어렵다.

4. 동아시아의 문예공화국

박제가의 가르침을 받은 김정희는 아버지의 연행을 따라 순조 9년
(1809) 24세로 북경에 다다랐다. 이곳에서 옹방강 및 완원과 교류를
시작했을 뿐 아니라, 구선(臞仙)[12]이나 숭산(嵩山), 저선(樗仙)[13] 및 소
국도인(素菊道人)[14]이라고 하는 만주팔기(滿洲八旗)의 시인들에게도 관
심을 기울였다. 그들에 대해서는 '구(臞)·저(樗) 두 신선의 시는 강남
칠자(江南七子)보다 낮지 않네.'라는 기록을 통해 알 수 있듯이 시를
높이 평가하고 있다.[15] '강남칠자'란 왕창(王昶, 1725~1807)·왕명성(王
鳴盛, 1723~1797)·전대흔(錢大昕, 1728~1804)·오태래(吳泰來, ?~1788)
·조인호(曹仁虎, 1731~1787)·조문철(趙文哲, 1725~1773)·황문련(黃文
蓮, ?~?) 7인을 가리킨다.

이처럼 편견에 사로잡히지 않은 김정희의 눈에는 일본 문인의 모습
도 왜곡 없이 비치고 있었다. 김정희가 지은 「회인시체를 본떠 전에

---

10 정민, 『돌 위에 새긴 생각 : 學山堂印譜記』, 열림원, 2000.
11 박제가 지음·안대회 번역, 『(완역정본) 북학의』, 돌베개, 2013.
12 구선(臞仙) : 이름은 영충(永忠)이다.
13 저선(樗仙) : 이름은 서함(書諴)이다.
14 소국도인(素菊道人) : 이름은 영경(永璥)이다.
15 김정희, 『완당전집』 3, 「권이재에게 주다(與權彝齋)」 15, "臞樗二仙詩, 不下於江南
七子."

들은 이야기를 두루 서술해서 화박(和舶)에 부치니 오사카·나니와 사이의 여러 명승지에 마땅히 이것을 알아줄 자가 있으리라」라는 제목을 지닌 시 속에 많은 일본인이 등장하는 것으로부터 이를 알 수 있다. 이 시에는 다음과 같이 의외의 인명도 포함되어 있다.

근래 일본인의 글은	邇來和人文
사사모토 렌을 자못 사랑한다오.	頗愛篠本廉
문자의 비루함을 벗어버리고	解脫文字陋
당송팔대가의 시로 운 고르기를 흠모하네.	瓣香八家拈
지연은 풀어냈다 거두어들임이 묘하고	紙鳶收放妙
고동은 의리가 삼엄하구려.	古董義理嚴

김정희는 위 시에서 '사사모토 렌(篠本廉)' 즉 사사모토 지쿠도(篠本竹堂, 1743~1809)의 '글'을 거론하고 있다. 오늘날, 이 인물을 아는 사람이 과연 얼마나 될까. 나도 조사해 보고서야 비로소 이노우에 긴가(井上金峩, 1732~1784)의 문인이라는 것을 알았다. 그런데 김정희의 평가에 따르면, 사사모토 지쿠도는 '문자의 비루함'을 벗어나 자유자재로 자연스러운 한문을 지었다고 한다. 시 말미의 세주(細注)에도 '일본인의 문체는 사사모토 군이 크게 구습을 변화시켰다. 「지연(紙鳶)」·「고동(古董)」두 글은 모두 소군의 작품으로 크게 법칙이 있다.'[16]라고 첨언하고 있다.

---

16 "和人文體, 篠君大變舊習. 紙鳶古董二文, 皆篠作, 大有典則."

이어지는 다음의 시는 이 책의 129쪽에서 살펴본 것인데, 여기에는
일본인의 전각에 관련된 내용이 거론된다.

전각에는 한나라의 법이 남아있으니	篆刻有漢法
정아하기도 해라, 겐카도여.	精雅兼葭堂
고매(古梅)가 그을음을 다스리더니	古梅御油煙
바로 정(程)·방(方)과 대항하고자 하네.	直欲抗程方
나가사키의 배에 빌려 묻노니	借問長崎舶
서쪽 매화의 한묵 빛은 어떠하더뇨.	西梅翰墨光

기구에서 '전각'을 운운하여 진한의 고법을 소급하였다. 겐카도의
전각법을 '정아'하고 맑은 상품(上品)으로 평가한 것은 『동화명공인
보』(1764년 3월)를 김정희도 보았기 때문일까. 이 책은 후쿠하라 쇼메
이의 전각과 함께 남옥 이하 통신사들에게 증정된 것이다. 라이 슌스
이가 『재진기사』 하권에,

세이슈쿠(世肅)는 『소씨인략(蘇氏印略)』 2권을 소장하고 있는데,
본래 고 후요(高芙蓉)의 물건이다. 고 후요의 전법 세습을 일제히 씻
어낸 것은 하나같이 사사모토로서 규범을 삼기 때문이다.
－『춘수유고별록(春水遺稿別錄)』 2

라고 기록한 것처럼, 겐카도의 전각은 '인성(印聖)'이라고 불리는 고
후요(高芙蓉, 1722~1784)에게 물려받은 유서 깊은 것이었다. 현재는
이 책을 일본국회도서관 전자라이브러리에서 용이하게 볼 수 있게

『소씨인략』(일본 국립국회도서관 소장)

되었다.[17]

　이 밖에도 김정희의 언급은 이토 진사이·오규 소라이를 비롯해, 고가 세이리, 미야케 기쓰엔(三宅橘園, 1767~1819), 다니 분초(谷文晁, 1763~1840), '아시카가(足利)' 학교부터 『칠경맹자고문(七經孟子考文)』 및 하야시 줏사이(林述齋, 1768~1841)가 찬한 『일존총서(佚存叢書)』에 까지 이르러, 끝내는 '소미재(蘇米齋)' 즉 옹방강에게 들은 '조넨(奝然, 938~1016)'의 일화까지 폭 넓게 다루고 있다. 조넨은 헤이안(平安) 중

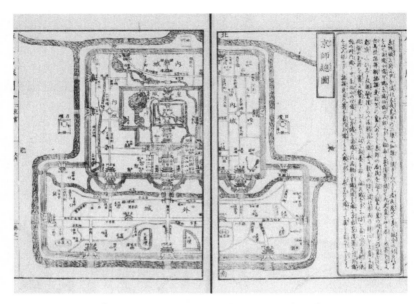

『당토명승도회』(고치현립도서관(高知縣立圖書館) 소장)

기에 송나라에 들어가 『대장경(大藏經)』 5천여 권을 가져온 인물로
알려져 있다.

부언하자면 김정희가 북경에 이르기 3년 전인 1806년에는 『당토명
승도회(唐土名勝圖會)』가 간행되었다. 이 책의 권1 서두에 '작고하신
겐카도 보쿠세이슈쿠 선생의 유의(故兼葭堂木世肅先生遺意)'라는 글이
새겨져있는 것을 보면 겐카도가 이 책의 간행을 바랐음을 알 수 있다.
상상컨대 그림 속 북경의 한 거리 모퉁이에서 두 사람이 스쳐가는
것이 보이는 듯하다.

마지막 통신사가 된 1811년에 통신사를 맞이하는 임무를 맡은 고가
세이리의 보조로서 쓰시마 수행에 나섰던 구사바 하이센이 남긴 문서

김정희가 이명오에게 준 부채(사가현립박물관(佐賀縣立圖書館) 소장)

중에서 이명오(李明五)[18]에게 준 김정희의 부채가 포함되어 있는 것은 어떻게 해석할 수 있을까. 부채에 적힌 '신미(辛未) 2월 10일'이라는 날짜는 박옹(泊翁)이 서기로서 사행 길에 오르기 직전이었다. 한편 김정희도 부친 김노경을 따라 연행에서 귀국한 직후였으며, 게다가 26세라는 젊은 나이로 구사바 하이센과는 1살 차이 나는 동세대 사람이었다. 이와 관련된 정보는 구사바 하이센에게는 전해지지 않았던 것일까?[19]

18 이명오(李明五) : 호는 박옹(泊翁).

19 [원주6] 김정희에 대해서는 졸고 「김정희의 초상(金正喜の肖像)」(앞의 책, 본서 2장의 각주30)을, 구사바 하이센에 대해서는 졸저 『구사바 하이센(草場佩川)』(앞의 책, 각주57)을 참조하기를 바란다.

5. 바다 저편의 시인과 일본의 문인

이른바 쇄국시대에는 바다 저편에 대한 동
경이 오히려 강했던 것 같다. 우라카미 교도
의 『옥당금사집(玉堂琴士集)』 후집의 속지에
'詩鈔(시초)'라고 쓰여 있는 것은 일찍이 사이
타 사라쿠(齋田作樂) 씨가 지적했던 것처럼[21]
양주팔괴(揚州八怪)[22]의 한 사람인 정판교(鄭
板橋, 1693~1765)의 『판교집(板橋集)』 첫 장에
나오는 '詩鈔'의 '詩'와 '詞鈔'의 '鈔'를 조합해
본뜬 것이다. 이처럼 사소한 것에까지 손을
쓴 모사에는 우라카미 교도의 이 시인화가에
대한 동경과도 비슷한 생각이 담겨 있었던 것
이 틀림없다.

여담이지만 2005년 서울을 방문했을 때 안
내받은 간송미술관에서 나는 조희룡(趙熙龍,

詩鈔(시초)
『정판교전집(鄭板橋全集)』[20]

詩鈔(시초) 『옥당금사집』

---

20 정섭(鄭燮) 저, 왕치진(王緇塵) 교주, 『정판교전집(鄭板橋全集)』, 중주고적출판사
(中州古籍出版社), 1992.

21 사이타 사라쿠 훈주·다카하시 히로미 해설, 『옥당금사집(玉堂琴士集)』, 다이헤이
문고(太平文庫) 59, 다이헤이서옥(太平書屋), 2008.

22 양주팔괴(揚州八怪) : 중국 청나라 건륭 연간(乾隆, 1661~1722)에 상업 도시였던
강소성(江蘇省) 양주(揚州)에서 활약했던 여덟 명의 대표적인 화가를 이르는 말이
다. 일반적으로 금농(金農), 황신(黃愼), 이선, 왕사신(汪士愼), 고상(高翔), 정섭
(鄭燮), 이방응(李方膺), 나빙(羅聘) 등을 가리킨다.

1789~1866)과 마주쳤다. 그의 〈매화서옥도(梅花書屋圖)〉를 보자마자 떠오른 것은 우라카미 교도의 〈동운사설도(東雲篩雪圖)〉였다. 한 폭에는 매화에 둘러싸인 서재의 여유로운 문인이, 다른 한 폭에는 설경 속에서 독서하기에 여념 없는 문인이 그려져 있다. '매화'와 '눈'에 차이가 있다고는 해도, 어느 쪽이든 문인의 이상향이다. 두 사람 사이에는 44년이라는 세월 차이가 있지만, 이렇게까지 화풍이 유사하게 통하고 있는 것은 기초로 한 원화가 있었기 때문일까.

이러한 우라카미 교도의 행동과 동공이곡(同工異曲)을 보이는 것이 다노무라 지쿠덴의 『금재조집(今才調集)』 편집과 출판이었다. 이 책의 권1 말미에서 다노무라 지쿠덴은 이렇게 기술하고 있다.

> 1829년 9월 19일 지쿠덴은 나니와부(浪華府) 기노쿠니하시(紀國橋)에 우거하던 중에 편지를 써서 책 속의 여러 공들과 문자의 인연을 맺었으니, 또한 한가한 중에 한 가지 즐거움이었다.

1829년은 다노무라 지쿠덴이 53세였을 때이다. 이때는 아들 다노무라 다이치(田能村太一)를 고이시 겐즈이(小石元瑞, 1784~1849)의 규리토(究理堂)에 입당시키기 위하여 아들과 함께하고 있었다. 권두의 '부언(附言)'에서 청나라 사람 곽린(郭麐)[23]이 지은 『영분관집(靈芬館集)』의 부모와 자식의 마음에 스며드는 작품을 '초록(抄錄)'했다고 한 것은 그 전 해의 일이다. 『금재조집』의 편집을 마친 다노무라 지쿠덴

---

23 곽린(郭麐) : 호는 상백(祥伯).

은 다음과 같이 기록했다.

나는 곧 이름을 붙여 『금재조집(今才調集)』이라고 했다. '재(才)'와 '조(調)' 두 글자를 이야기하기가 어찌 용이하겠는가. 책 속의 작자들은 거의 부끄러울 것이 없다. 재주와 조화 두 가지는 하늘에서 부여받은 것으로 사람이 능히 할 수 있는 바가 아니다. 사람의 재주나 시의 조화를 비유하자면 꽃의 빛과 달의 화려함과 같다. 색과 빛으로 비유하자면, 희미하고 흩어진 듯하다가 다시 한층 깊어진다.

사람에게 재주가 있으므로 조화로 능히 구부려 아름답게 한다. 시에 조화가 있으므로 재주로 능히 조화롭게 풀어낸다.

다노무라 지쿠덴은 '재주'와 '조화'를 태어날 때부터 구비되는 것으로서 노력해도 어떻게 할 수 없는 것이라고 말한다.[24] 비유하자면 '재주'는 '꽃의 빛' 즉 채색과 같은 것이고, 시의 '조화'는 '달의 화려함'과 같은 것이다. 전자는 꽃의 빛남에, 후자는 월광(月光)에 해당한다. 이 것을 '色' 즉 채색과, '影' 즉 빛에 비교하면, 어렴풋해 확실히 구별할 수 없는 것으로, 깊이가 더욱 더해진다. 이것을 읽고 생각난 것은 원 굉도(袁宏道, 1568~1610)의 다음과 같은 구절이었다.

---

24 송나라 엄우(嚴羽, 1185~1235)는 『창랑시화(滄浪詩話)』에서 "시에는 별재(別材)가 있는 것이니 책과는 관계치 않는다. 시에는 남다른 취(趣)가 있는 것이니 이치와는 관련되지 않는다.(夫詩有別材, 非關書也. 詩有別趣, 非關理也.)"라고 했다. 시를 짓기 위해서는 보통 글을 짓는 것과는 다른, 이치와도 관계없는 재(材)와 취(趣)가 필요하다는 관점이 엄우를 비롯하여 다노무라 지쿠덴에게도 유효하게 인식되고 있다.

세상 사람들이 얻기 어려운 것은 다만 '취(趣)'이다. '취(趣)'는 산 위의 색이요, 물 가운데 맛이요, 꽃 가운데 빛이요, 여자 안의 자태와 같아, 이야기를 잘하는 자라고 하더라도 한 마디도 적어 내려갈 수 없고, 오직 마음으로 만나는 것을 알 뿐이다.

단언컨대 "대저 '취(趣)'는 자연스럽게 얻는 자는 깊어지고, 학문으로 얻는 자는 얕아진다."[25]고 할 수 있다. '마음으로 만난다'는 것이 중요하기 때문에 결코 배워서 이를 수 있는 것이 아니다. 다노무라 지쿠덴의 재주와 조화도 같은 것이다.

생각건대 〈영분관제오도(靈芬館第五圖)〉는 서두원(徐斗垣)이 그린 것으로 당시는 가경(嘉慶) 정묘년(1807)이었다. 우리나라 분카(文化) 4년(1807)에 해당하니, 지금의 무자년(1828)으로부터 거리가 모두 22년이 된다. 주창미(朱滄湄)·왕선루(汪選樓)·주한천(朱閑泉)·고간당(顧蕑塘)과 같은 제군들이 당시 그린 그림은 그 연대를 미루어 보건대 틀림없이 우리 무리의 백중지간에 있다. (중략) 옛날에 한 무제 때의 사마장경의 글을 읽고, 그 시대를 함께 하지 못함을 한했던 적이 있다. 지금 『금재조집』 속의 제군들과 세상에 함께 태어났으나 다른 곳에 살며 만경창파 동서로 떨어져 있으니, 함께 세상을 살지 못하는 것을 한스럽게 여기는 것이 대저 서로 유사할 것이다. 읽을 때마다 문득 책을 덮고 탄식하노라.

---

25 원굉도(袁宏道), 「진정보의 『회심집』에 쓰다(敍陳正甫會心集)」, 『간정일취(間情逸趣)』 신광출판공사(新光出版公司).

이렇게 다노무라 지쿠덴도 또한 '이역만리의 사귐'이 가능하다면, 언제든 바다 저편의 시인들과 문예공화국을 형성할 준비가 되어있었던 것을 알 수 있다. '영분관(靈芬館)'은 곽린의 서실이다. '서두원'을 비롯해 '주창미·왕선루·주한천·고간당' 등은 모두 '우리 무리의 백중지간'인 인물들이다. 예를 들어 '왕선루'는 왕가희(汪嘉禧)로 가경 연간의 제생들 중에 가장 연장자였다고 전해진다. '부언'에도 '이 책은 한 시대의 위인(偉人), 기사(奇士)·일민(逸民), 치객(緇客)·여자 등이 한 평생 지켜온 정신과 마음속에 꽉 찬 심혈을 쏟은 것으로, 비록 짧은 분량이지만 독자는 쉬이 간과해서는 안 된다.'며 일부러 주의를 촉구하고 있다. 이것은 주이존(朱彝尊, 1629~1709)·김동심(金冬心, 1687~1763)·여악(厲鶚, 1692~1752)·손연여(孫淵如, 1753~1818)·이병수(伊秉綬)·장문도(張問陶, 1764~1814) 등과 같이 청대문학사를 화려하게 채색한 시인들을 기라성처럼 수록해 나열해 놓았기 때문이다. 있을 수 없는 가정이지만, 다노무라 지쿠덴도 박제가처럼 중국 땅을 노닐며 이병수 등과 만날 수 있었다면, 반드시 문예공화국의 모습에 보다 풍부하고 활발하게 다가섰을 것임에 틀림없다.

【부록】
주요 인물 명칭

1. 조선

성명	생몰년	자	호	사행 내용
강백(姜柏)	1690~1777	자청(子靑)	우곡(愚谷) 경목자(耕牧子) 추수(秋水)	9차 통신사 정사 서기로 일본행
김인겸(金仁謙)	1707~1772	사안(士安)	퇴석(退石)	11차 통신사 종사관 서기로 일본행
김재행(金在行)	?~?	평중(平仲)	양허(養虛)	1765년 연행
김정희(金正喜)	1786~1856	원춘(元春)	추사(秋史)	1809년 연행
남옥(南玉)	1722~1770	시온(時韞)	추월(秋月)	11차 통신사 제술관으로 일본행
박경행(朴敬行)	1710~?	인칙(仁則)	구헌(矩軒)	10차 통신사 제술관으로 일본행
박제가(朴齊家)	1750~1805	차수(次修) 재선(在先)	초정(楚亭) 정유(貞蕤)	1778, 1801년 연행
박지원(朴趾源)	1737~1805	미중(美仲) 중미(仲美)	연암(燕巖)	1780년 연행
성대중(成大中)	1732~1809	사집(士執)	용연(龍淵) 청성(靑城)	11차 통신사 정사 서기로 일본행
신유한(申維翰)	1681~?	주백(周伯)	청천(靑泉)	9차 통신사 제술관으로 일본행
원중거(元重擧)	1719~1790	자재(子才)	현천(玄川)	11차 통신사 부사 서기로 일본행
유달원(柳達源)	1731~?	효백(孝伯)		11차 통신사의 군관으로 일본행
유득공(柳得恭)	1748~1807	혜보(惠甫) 혜풍(惠風)	영재(泠齋) 영암(泠庵) 고운당(古芸堂)	1801년 연행

190 동아시아 문예공화국

이덕무(李德懋)	1741~1793	무관(懋官)	형암(炯庵) 아정(雅亭) 청장관(靑莊館)	1778년 연행
이명계(李命啓)	1714~?	해고(海皐)	자문(子文)	10차 통신사 정사 서기로 일본행
이명오(李明五)	?~1836	사위(士緯)	박옹(泊翁)	12차 통신사 부사 서기로 일본행
이서구(李書九)	1754~1825	낙서(洛瑞)	척재(惕齋) 강산(薑山) 소완정(素玩亭)	
이좌국(李佐國)	1733~?	성보(聖甫) 성보(聖輔)	모암(慕菴)	11차 통신사 양의(良醫)로 일본행
이현상(李顯相)	1770~1822	상지(相之)	태화(太華)	12차 통신사 제술관으로 일본행
조동관(趙東觀)	?~?	성빈(聖賓)	화산(花山) 화산재(花山齋)	11차 통신사 반인(伴人)으로 일본행
조숭수(趙崇壽)	1714~?	경로(敬老) 숭재(崇哉)	활암(活庵)	10차 통신사 양의(良醫)로 일본행
홍대용(洪大容)	1731~1783	덕보(德保)	홍지(弘之) 담헌(湛軒)	1765년 연행

2. 일본

성명	생몰년	이름	자
가메이 난메이(龜井南冥)	1743~1814	로(魯)	도사이(道載)
가쓰 시킨(葛子琴)	1738~1784	미하루(張)	시킨(子琴)
가타야마 홋카이(片山北海)	1723~1790	유(猷)	고치쓰(孝秩)
고가 세이리(古賀精里)	1750~1817	스나오(樸)	준푸(淳風)
구사바 다이로쿠(草場大麓)	1740~1803	야스요(安世)	기미호(仁甫)
구사바 하이센(草場佩川)	1788~1867	사카에(韓)	데이호(棣芳)
기노시타 란코(木下蘭皐)	1681~1752	지쓰분(實聞)	고타쓰(公達)
기무라 겐카도(木村蒹葭堂)	1736~1802	고쿄(孔恭)	세이슈쿠(世肅)

호	그 밖의 명칭	만남 장소	만남 회차
난메이(南冥)		아이노시마(藍島)	11차
도안(嘉庵)		나니와(浪華)	11차
홋카이(北海)		나니와(浪華)	11차
세이리(精里)		쓰시마(對馬)	12차
다이로쿠(大麓)		아카마가세키(赤間關)	11차
하이센(佩川)		쓰시마(對馬)	12차
란코(蘭皐)	보쿠 고타쓰(木公達)	오와리(尾張)	10차
손사이(巽齋)	보쿠 코쿄(木弘恭) 겐카도(蒹葭堂)	나니와(浪華)	11차

기무라 호라이(木村蓬萊)	1716~1766	데이칸(貞貫)	군조(君恕)
나와 로도(那波魯堂)	1727~1789	시소(師曾)	고케이(孝卿)
나카무라 하료(中村巴陵)	?~?	산지쓰(三實)	시바이(子楳)
난구 다이슈(南宮大湫)	1728~1778	가쿠(岳)	교케이(喬卿)
다노무라 지쿠덴(田能村竹田)	1777~1835	다카노리(孝憲)	군이(君彝)
다이텐(大典)	1719~1801	겐조(顯常)	바이소(梅莊)
다키 가쿠다이(瀧鶴臺)	1709~1773	조가이(長愷)	야하치(彌八)
마쓰다이라 군잔(松平君山)	1697~1783	슈운(秀雲)	시류(士龍)
미나미가와 긴케이(南川金溪)	1732~1781	이센(維遷)	시초(士長)
미야케 기쓰엔(三宅橘園)	1767~1819	구니(邦)	겐코(元興)
사사모토 지쿠도(篠本竹堂)	1743~1809	렌(廉)	시온(子溫)
사와다 도코(澤田東江)	1732~1796	린(鱗)	분류(文龍)
시부이 다이시쓰(澁井太室)	1720~1788	헤이(平)	고쇼(子章)
아사히나 분엔(朝比奈文淵)	?~1734	분엔(文淵)	간토쿠(涵德)
야쿠주(藥樹)	1739~1829		쇼케이(小溪) 다이시(大芝) 시안(芝菴) 겐쇼(幻處) 다이지(大耳)
오규 소라이(荻生徂徠)	1666~1728	나베마쓰(雙松)	모케이(茂卿)
오카 고요쿠(岡公翼)	1737~1787	겐포(元鳳)	고요쿠(公翼)
오카다 신센(岡田新川)	1737~1799	기세이(宜生)	데이시(挺之)
오쿠다 쇼사이(奧田尙齋)	1733~1807	모토쓰구(元繼)	시키(志季)
오카지마 간잔(岡島冠山)	1674~1728	아키타카(明敬) 하쿠(璞)	엔시(援之) 교쿠세이(玉成)
와다 쇼(和田邵)	?~?	쇼(邵)	하쿠코(伯高)
우라카미 교도(浦上玉堂)	1745~1820	다카스케(孝弼)	긴스케(君輔)
이노우에 시메이(井上四明)	1730~1819		센(潛)

호라이(蓬萊)		에도(江戶)	11차
로도(魯堂)		헤이안(平安)	11차
하료(巴陵)		비젠(備前)	11차
다이슈(大湫)		오와리(尾張)	11차
지쿠덴(竹田)			
쇼추(蕉中) 다이텐(大典)	쇼운세이(小雲棲) 지쿠조(竺常)	나니와(浪華)	11차
가쿠다이(鶴臺)		아카마가세키(赤間關)	11차
군잔(君山)	겐운(源雲)	오와리(尾張)	10차
긴케이(金溪)		나니와(浪華)	11차
기쓰엔(橘園)		쓰시마(對馬)	12차
지쿠도(竹堂)			
도코(東江)	헤이 린(平鱗) 미나모토 분류(源文龍)	에도(江戶)	11차
다이시쓰(太室)		에도(江戶)	10차 / 11차
겐슈(玄洲)		오와리(尾張)	9차
		나니와(浪華)	11차

소라이(徂徠) 겐엔(蘐園)	부쓰 모케이(物茂卿)		
로안(魯庵)			
신센(新川)		오와리(尾張)	11차
쇼사이(尚齋) 센로(仙樓)		나니와(浪華)	11차
간잔(冠山)		에도(江戶)	9차
잇코(一江)		우시마도(牛窓)	11차
교도(玉堂)			
주류(仲龍)	세이 시메이(井四明) 시메이(四明)	우시마도(牛窓)	11차

이소가이 소슈(磯谷滄洲)	1737~1802	세이케이(正卿)	시소(子相)
이메이 슈케이(維明周奎)	1731~1808	슈케이(周奎) 다이케이(大奎)	
이케노 다이가(池大雅)	1723~1776	긴(勤)	고빈(公敏) 가세이(貸成)
호소아이 한사이(細合半齋)	1727~1803	리(離) 마사아키(方明)	레이오(麗王)
후쿠하라 쇼메이(福原承明)	1735~1768	히사나가(尙脩)	쇼메이(承明)

3. 중국

성명	생몰년	자	호	교류 내용
반정균(潘庭筠)	?~?	난공(蘭公)	덕원(德園)	1765년 연행에 나선 홍대용과 만남 『한객건연집』에 비점을 남김
엄성(嚴誠)	1733~?	입암(立庵)	철교(鐵橋) 역암(力闇)	1765년 연행에 나선 홍대용과 만남
육비(陸飛)	?~?	기잠(起潛)	소음(筱飲) 자도항(自度航)	1765년 연행에 나선 홍대용과 만남

소슈(滄洲)	미나모토 세이케이(源正卿)	오와리(尾張)	11차
하야마(羽山)		나니와(浪華)	11차
다이가(大雅)		나니와(浪華)	11차
한사이(半齋) 가쿠한사이(學半齋) 도난(斗南)	고레이오(合麗王) 고리(合離)	나니와(浪華)	11차
에이잔(映山)	후쿠 쇼슈(福尙修)	나니와(浪華)	11차

참고문헌

번역 원저

· 高橋博巳, 『東アジアの文藝共和國－通信使・北學派・蒹葭堂－』, 新典社新書 26, 2009.

· 高橋博巳, 「篆刻異聞－木村蒹葭堂から李顯相まで－」, 『金城學院大學論集』人文科學編 10(1), 金城學院大學, 2013.

· 高橋博巳, 「蒹葭堂が紡ぎ、金正喜が結んだ夢－東アジア文人社會の成立－」, 笠谷和比古編 『德川社會と日本の近代化』, 思文閣出版, 2015.

· 高橋博巳, 「文人研究から學藝の共和國へ」, 二松學舍大學人文論叢 93, 『二松學舍大學人文學會』, 2014.

_____ 한국

원전

· 김정희(金正喜), 『완당전집(阮堂全集)』, 『한국문집총간』, 민족문화추진회.

· 남옥(南玉), 『일관기(日觀記)』

· 박제가(朴齊家), 『정유각집(貞蕤閣集)』, 『한국문집총간』, 민족문화추진회.

· 박지원(朴趾源), 『연암집(燕巖集)』, 『한국문집총간』, 민족문화추진회.

· 성대중(成大中), 『사상기(槎上記)』 필사본.

· 성대중(成大中), 『청성집(靑城集)』, 『한국문집총간』, 민족문화추진회.

· 성해응(成海應), 『연경재전집(研經齋全集)』, 『한국문집총간』, 민족문화추진회.

· 안정복(安鼎福), 『순암집(醇庵集)』, 『한국문집총간』, 민족문화추진회.

· 유득공(柳得恭), 『영재집(泠齋集)』, 『한국문집총간』, 민족문화추진회.

· 이덕무(李德懋), 『청장관전서(靑莊館全書)』, 『한국문집총간』, 민족문화추진회.

· 이덕무(李德懋), 『이목구심서(耳目口心書)』, 『한국문집총간』, 민족문화추진회.

· 이서구(李書九), 『척재집(惕齋集)』, 『한국문집총간』, 민족문화추진회.
· 정약용(丁若鏞), 『여유당전서(與猶堂全書)』, 『한국문집총간』, 민족문화추진회.
· 홍대용(洪大容), 『담헌서(湛軒書)』, 『한국문집총간』, 민족문화추진회.

단행본

· 박제가 지음·안대회 번역, 『(완역정본) 북학의』, 돌베개, 2013.
· 실학박물관, 『연행, 세계로 향하는 길』, 전시 도록, 2010.
· 정민, 『돌 위에 새긴 생각 : 學山堂印譜記』, 열림원, 2000.
· 정민, 『18세기 일본 지식인 조선을 엿보다』, 성균관대학교출판부, 2013.

일본

원전

· 가메이 난메이(龜井南冥), 『앙앙여향(泱泱餘響)』, 『귀정남명소양전집(龜井南冥昭陽全集)』, 아시쇼보(葦書房), 1978.
· 고큐 히사부미(五弓久文), 『사실문편(事實文編)』.
· 교라이(去來), 『거래초(去來抄)』.
· 기무라 겐카도(木村蒹葭堂) 저, 아카쓰키 가네나리(曉鐘成) 편, 『겸가당잡록(蒹葭堂雜錄)』.
· 기무라 겐카도(木村蒹葭堂)·후쿠하라 쇼메이(福原承明), 『동화명공인보(東華名公印譜)』, 1764년 간행본.
· 난구 다이슈(南宮大湫), 『대추선생집(大湫先生集)』.
· 다이텐 겐조(大典顯常), 『북선시초(北禪詩草)』, 1792년 간행본.
· 다이텐 겐조(大典顯常), 『소운서고(小雲棲稿)』, 1796년 간행본.
· 다이텐 겐조(大典顯常), 『평우록(萍遇錄)』, 일본국회도서관 소장 필사본.
· 다키 가쿠다이(瀧鶴臺), 『장문계갑문사(長門癸甲問槎)』, 1765~6년 간행본.
· 리쿠뇨(六如), 『육여암시초(六如庵詩鈔)』.
· 미나미가와 긴케이(南川金溪), 『금계잡화(金溪雜話)』.
· 사와다 도코(澤田東江), 『내금당시초(來禽堂詩草)』, 1778년 간행본.
· 세이타 단소(淸田儋叟), 『공작루문집(孔雀樓文集)』, 1774년 간행본.

· 아사히나 분엔(朝比奈文淵), 『봉도유주(蓬島遺珠)』.
· 오규 소라이(荻生徂徠), 『조래선생답문서(徂徠先生答問書)』.
· 오카다 신센(岡田新川), 『표해영화(表海英華)』.
· 이치우라 나오하루(市浦直春), 『사객평수집(槎客萍水集)』, 일본도립중앙도서
  관 나카야마문고(中山文庫) 소장본.
· 호소아이 한사이(細合半齋), 『은거방언(隱居放言)』.
· 호소아이 한사이(細合半齋), 『합자가집소초초협(合子家集小草初篋)』.

· 가쓰 시킨(葛子琴), 『갈자금전각집(葛子琴篆刻集)』, 다이헤이문고(太平文庫)
  66, 다이헤이서옥(太平書屋), 2010.
· 고가 세이리(古賀精里) 저, 우메자와 히데오(梅澤秀夫) 편, 『정리전서(精里全
  書)』 근세유가문집집성(近世儒家文集集成) 15, 펜칸샤(ペンかん社), 1996.
· 구사바 하이센(草場佩川), 『진도일기(津島日記)』, 서일본문화협회(西日本文化
  協會), 1978.
· 나카무라 유키히코(中村幸彦), 『우에다 아키나리 문집(上田秋成集)』, 일본고전
  문학대계 56, 1959.
· 라이 슌스이(賴春水) 저, 다지히 이쿠오(多治比郁夫) · 나카노 미쓰토시(中野三
  敏) 교주, 『재진기사(在津紀事)』, 신일본고전문학대계97, 이와나미서점(岩波書
  店), 2000.
· 라이 슌스이(賴春水) 저, 『춘수유고별록(春水遺稿別錄)』, 신일본고전문학대계
  95, 이와나미서점(岩波書店), 2000.
· 마쓰자키 고토(松崎慊堂), 『겸당전집(慊堂全集)』, 숭문원(崇文院), 1926.
· 오규 소라이(荻生徂徠), 『훤원수필(蘐園隨筆)』, 『적생조래전집(荻生徂徠全集)』,
  미스즈서방(みすず書房), 1976.
· 오카노 호겐(岡野逢原) 저, 나카노 미쓰토시(中野三敏) 교주, 『봉원기문(逢原記
  聞)』, 신일본고전문학대계 97, 이와나미서점(岩波書店), 2000.
· 우에다 아키나리(上田秋成) 저, 시게토모 기(重友毅) 교, 『담대소심록(膽大小心
  錄)』, 이와나미서점(岩波書店), 1938.

단행본

- 강재언(姜在彦), 『조선 유교의 이천년(朝鮮儒教の二千年)』, 아사히선서(朝日選書), 2001.
- 고바야시 다다시(小林忠) 감수, 『이케노 다이가의 중국에 대한 동경(池大雅中國へのあこがれ)』, 규류도(求龍堂), 2011.
- 교토문화박물관(京都文化博物館), 『교토 화가들의 번연「헤이안 인물지」로 보는 에도시대 교토 화단(京の繪師は百花繚亂「平安人物志」にみる江戸時代の京都畵壇)』, 교토문화박물관(京都文化博物館), 1998.
- 기시모토 미오(岸本美緒)·미야지마 히로시(宮嶋博史), 『(세계의 역사12) 명·청과 이조 시대((世界の歷史12) 明淸と李朝の時代)』, 주코분코(中公文庫), 2008.
- 김교빈(金敎斌) 저·김명순(金明順) 역, 『인물로 보는 한국 철학의 계보 – 신라 불교에서 이조 실학까지 –(人物でみる韓國哲學の系譜－新羅佛敎から李朝實學まで－)』, 일본평론사(日本評論社), 2008.
- 나카오 히로시(仲尾宏), 『조선통신사 – 에도 일본의 성신외교(朝鮮通信使 – 江戸日本の誠信外交)』, 이와나미신서(岩波新書), 2007.
- 나카지마 아쓰시(中島敦), 『산월기(山月記)』, 『나카지마 아쓰시 전집(中島敦全集)』, 사쿠라문고(ちくま文庫), 1993.
- 노마 고신(野間光辰) 감수, 『혼돈사음고(混沌社唫稿)』, 『근세문예총간(近世文藝叢刊)』 제8권 부록, 반암 노마 고신 선생 화갑기념회(般庵野間光辰先生華甲紀念會), 1971.
- 다이헤이 시옥(太平詩屋), 『다이헤이 시문(太平詩文)』 반백기념특대호(半百記念特大號), 2011.
- 다카시마 가즈아키(高島淑郎) 역주, 『일동장유가－한글로 지은 조선통신사의 기록(日東壯遊歌－ハングルでつづる朝鮮通信使の記錄)』, 헤이본샤(平凡社), 1999.
- 다카하시 히로미(高橋博巳), 『구사바 하이센(草場佩川)』 사가위인전(佐賀偉人傳), 사가조 혼마루 역사관(佐賀城本丸歷史館) 11, 2013.
- 도쿠나가 요시히코(德永善彦), 『세토나이의 고향－도모노우라－(瀬戸內のふるさと－鞆の浦－)』, 도쿠나가 요시히코 사진집(德永善彦寫眞集), BeeBooks, 2001.
- 로널드 토비(Ronald P. Toby), 『(일본의 역사9) '쇄국'이라는 외교((日本の歷史

9)「鎖國」という外交)』, 쇼가쿠칸(小學館), 2008.

• 마쓰에다 시게오(松枝茂夫)・와다 다케시(和田武司) 역주, 『도연명전집(陶淵明全集)』, 이와나미문고(岩波文庫), 1990.

• 미즈타 노리히사(水田紀久), 『근세낭화학예사담(近世浪華學藝史談)』, 나카오쇼센도서점(中尾松泉堂書店), 1986.

• 미즈타 노리히사(水田紀久), 『물의 한 가운데 존재한다 - 기무라 겐카도 연구(水の中央に在り-木村蒹葭堂研究)』, 이와나미서점(岩波書店), 2002.

• 미즈타 노리히사(水田紀久), 『일본전각사론고(日本篆刻史論考)』, 세이쇼도서점(青裳堂書店), 1985.

• 배종호(裵宗縞), 『조선유학사(朝鮮儒學史)』, 지센쇼칸(知泉書館), 2007.

• 사이타 사라쿠(齋田作樂) 훈주・다카하시 히로미 해설, 『옥당금사집(玉堂琴士集)』, 다이헤이 문고(太平文庫) 59, 다이헤이서옥(太平書屋), 2008.

• 시라카와 시즈카(白川靜), 『자통(字通)』, 헤이본샤(平凡社), 1996.

• 시미즈 시게루(清水茂), 『당송팔가문(唐宋八家文)』, 아사히신문출판(朝日新聞出版), 1978.

• 신기수(辛基秀), 『조선통신사의 여행 일기 - 서울부터 에도까지 - '성신의 길'을 찾아서(朝鮮通信使の旅日記 ソウルから江戸「誠信の道」を訪ねて)』, PHP신서(PHP新書), 2002.

• 영상문화협회(映像文化協會), 『에도시대의 조선통신사(江戸時代の朝鮮通信使)』, 마이니치신문사(每日新聞社), 1979.

• 와타나베 히로시(渡邊浩), 『동아시아의 왕권과 사상(東アジアの王權と思想)』, 도쿄대학출판회(東京大學出版會), 1997.

• 요시다 고헤이(吉田公平) 편, 『철학 자원으로서의 중국 사상(哲學資源としての中國思想)』, 겐분출판(研文出版), 2013.

• 이마가사키총합문화센터(尼崎總合文化センター), 『근세문인화명작전-명가의 작품을 한번에(近世文人畵名作展-名家の作品を一堂に-)』, 전시회 도록, 1990.

• 이바라키 노리코(茨木のり子), 『기대지 않고(倚りかからず)』, 지쿠마쇼보(筑摩書房), 2007.

• 이병수(伊秉綬), 『청이병수작품집(清伊秉綬作品集)』(서적명품총간(書跡名品叢刊)), 니겐샤(二玄社), 1970.

· 이시카와 규요(石川九楊) 편, 『책의 우주(書の宇宙)』 23, 니겐샤(二玄社), 2000.
· 이원식(李元植), 『조선통신사 연구(朝鮮通信使の硏究)』, 시분카쿠출판(思文閣出版), 1996.
· 하가 도루(芳賀徹) 감수, 『도원 만세! 동아시아 이상향의 계보(桃源萬歲! 東アジア理想鄕の系譜)』, 오카자키시 미술박물관(岡崎市美術博物館), 2011.

연구논저

· 가사야 가즈히코(笠谷和比古), 「서론 18세기 본의 '지(知)'적 혁명 Intellectual Revolution(序論 十八世紀日本の「知」的革命 Intellectual Revolution)」, 『18세기 일본의 문화 상황과 국제 환경(十八世紀日本の文化狀況と國際環境)』, 시분카쿠출판(思文閣出版), 2011.
· 김문경(金文京)의 「『평우록』과 〈겸가당아집도〉 -18세기말 조일 교류의 한 측면-(『萍遇錄』と「蒹葭堂雅集圖」一十八世紀末日朝交流の一側面一)」, 『동방학(東方學)』 124, 2012.
· 남홍악(藍弘岳), 「소라이 학파 문사와 조선통신사 - '고문사학'의 전개를 둘러싸고-」, 『일본한문학연구(日本漢文學研究)』 제9호, 니쇼가쿠샤 대학 동아시아학술종합연구소(二松學舍大學東アジア學術總合研究所), 2014.
· 다카하시 히로미(高橋博巳), 「문인사회의 형성(文人社會の形成)」, 『이와나미 강좌 일본문학사(岩波講座日本文學史)』 9 18세기의 문학(一八世紀の文學), 이와나미서점(岩波書店), 1998.
· 다카하시 히로미(高橋博巳), 「〈겸가아집도〉의 행방(〈蒹葭雅集圖〉の行方)」, 『겐카도 소식(蒹葭堂だより)』 14, 기무라 겐카도 현창회(木村蒹葭堂顯彰會), 2014.
· 다카하시 히로미(高橋博巳), 「18세기 동아시아를 왕래한 시와 회화(十八世紀東アジアを行き交う詩と繪畵)」, 『푸른 바다를 교차하는 시문(蒼海に交わされる詩文)』, 동아시아 해역 총서 13, 규코서원(汲古書院), 2012.
· 다카하시 히로미(高橋博巳), 「김정희의 초상(金正喜の肖像)」, 『하마시타 마사히로 선생 퇴직기념논집(濱下昌宏先生退職記念論集)』 하마시타 마사히로 선생 퇴직기념논총 편집위원회 편, 2015.
· 다카하시 히로미(高橋博巳), 「문인 교도의 탄생 - 우라카미 효에몬에서 교도 긴시로 - (文人玉堂の誕生-浦上兵右衛門から玉堂琴士へ-)」, 『교토의 편영 - 심포

지움 우라카미 교도 2013(玉堂片影-シンポジウム浦上玉堂2013-)』, 우라카미가사편찬위원회(浦上家史編纂委員會), 2014.

· 다카하시 히로미(高橋博巳), 「문인들의 잔치 '덕으로 사람을 취하게 하는 것이 술로 취하게 하는 것보다 낫다(以德醉人, 勝於以酒)'- 1763~4년의 통신사행 - (文人たちの宴「以德醉人, 勝於以酒」一一七六三~四(宝曆十三~明和元)年の通信使行一」, 『전근대에 있어서 동아시아 삼국의 문화 교류와 표상-조선통신사와 연행사를 중심으로(前近代における東アジア三國の文化交流と表象一朝鮮通信使と燕行使を中心に一)』, 국제일본문화연구센터(國際日本文化研究センター), 2011.

· 다카하시 히로미(高橋博巳), 「성대중의 초상-정사 서기에서 한관으로-(成大中の肖像一正使書記から中隱へ一)」, 『금성학원대학논집(金城學院大學論集)』 인문과학편 5권 1호, 2008.

· 다카하시 히로미(高橋博巳), 「소라이 학파의 붕괴(徂徠學派の崩壞)」, 『근세 문학과 한문학(近世文學と漢文學)』, 화한비교문학총서(和漢比較文學叢書) 7, 규코서원(汲古書院), 1988.

· 다카하시 히로미(高橋博巳), 「원현천- 고독한 소신가(元玄川一特立獨行の人一)」, 『금성학원대학논집(金城學院大學論集)』 인문과학편 6권 2호, 2010)

· 다카하시 히로미(高橋博巳), 「이언진의 옆모습(李彦瑱の橫顔)」, 『금성학원대학논집(金城學院大學論集)』 인문과학편 2권 2호, 2006.

· 다카하시 히로미(高橋博巳), 「통신사·북학파·겐카도(蒹葭堂)」, 『조선통신사연구』 4호, 조선통신사학회, 2007.

· 다카하시 히로미(高橋博巳), 「통신사행에서 학예공화국으로(通信使行から學藝の共和國へ)」, 『일본 근세 문학과 조선(日本近世文學と朝鮮)』, 아시아유학(アジア遊學) 163, 벤세이출판(勉誠出版), 2013.

· 미즈타 노리히사(水田紀久), 「기무라 겐카도의 아뜰리에(木村蒹葭堂のアトリエ)」, 『문예논총』 59, 2002.

· 이타쿠라 마사아키(板倉聖哲), 「막부 말기 동아시아 회화 컬렉션의 사적 위치 - 다니 분초의 시점에서 - (幕末期における東アジア繪畫コレクションの史的位置-谷文晁の視点から)」, 『미술사논총(美術史論叢)』, 도쿄대학대학원인28(東京大學大學院人28), 문사회계연구과·문학부미술사연구실(文社會系研究科·文學

部美術史研究室), 2012.

웹사이트

• 국사적 후쿠젠지 다이초루(國史跡福禪寺對潮樓) 홈페이지
 "http://ww7.enjoy.ne.jp/~taichorou/file1/newpage4.html"
• 아마가사키시 교육위원회(尼崎市教育委員會)
 "http://www.city.amagasaki.hyogo.jp/bunkazai/siryou/tusinsi/present_se
 als/present_seals.html"
• 일본 국립국회도서관 디지털 아카이브(國立國會圖書館デジタルコレクション)
 "http://dl.ndl.go.jp/info:ndljp/pid/2554145?tocOpened=1"

—————————————————————————————————— 중국

원전

• 기윤(紀昀), 『유춘초당시초(留春草堂詩鈔)』
• 엄성, 『철교전집(鐵橋全集)』, 서울대학교도서관 소장본.
• 원굉도(袁宏道), 「진정보의 『회심집』에 쓰다(敍陳正甫會心集)」, 『간정일취(間情
 逸趣)』 신광출판공사(新光出版公司)
• 정섭(鄭燮) 저, 왕치진(王緇塵) 교주, 『정판교전집(鄭板橋全集)』, 중주고적출판
 사(中州古籍出版社), 1992.

단행본

• 왕동매(王冬梅), 『이병수(伊秉綬)』(역대명가서법경전(歷代名家書法經典), 중국
 서점(中國書店), 2013.
• 라복이(羅福頤)·왕인총(王人聰), 『인장개술(印章概述)』, 중화서국(中華書局),
 1973.

찾아보기

인명

지명

지은이
다카하시 히로미(高橋博巳)

1946년 일본 후쿠오카현(福岡縣) 출생. 도호쿠(東北) 대학 대학원 문학연구과에서 문학박사를 받았다. 에도시대 일본 문인 연구를 전공하였으며, 문인 사회의 형성에 관심이 많다. 동아시아 문인 연구로 범위를 넓혀가고 있다. 그중 통신사와 관련된 문인 연구가 주를 이룬다. 저서로는 『교토 예원의 네트워크(京都藝苑のネットワーク)』(1988), 『에도 바로크 - 소라이학의 주변(江戸のバロック── 徂徠學の周辺)』(1991), 『화가의 여행, 시인의 꿈(畵家の旅、詩人の夢)』(2005), 『동아시아의 문예 공화국 - 통신사·북학파·겐카도(東アジアの文藝共和國 - 通信使·北學派·蒹葭堂)』(2009), 『구사바 하이센(草場佩川)』(2013) 등이 있으며, 연구에는 「문인 사회의 형성(文人社會の形成)」(1996), 「18세기 동아시아를 왕래한 시와 회화(十八世紀東アジアを行き交う詩と繪畵)」(2012), 「통신사행에서 학예공화국으로(文人研究から學藝の共和國へ)」(2013), 「동아시아의 남북 반월호(東アジアの南北半月弧)」(2016), 「아이즈 교도 환상(會津 玉堂 幻想)」(2016) 등이 있다. 『기엔 시문집(淇園詩文集)』(1986), 『도쿠안 겐코 호법집(独庵玄光護法集)』(1996), 『'정본' 일본 회화론 대성([定本]日本繪畵論大成)』7(1996) 등에도 편자로서 참여하였다. 긴조가쿠인(金城學院) 대학의 명예교수이자 일본18세기학회에서 활동하고 있다.

옮긴이
조영심

1988년 서울 출생. 고등학교 때 일본어를 전공했고, 연세대학교 국문과에 입학하여 문학석사를 받았으며 박사를 수료했다. 조선인과 일본인, 류큐인 사이의 소통에 관심을 가지고 있으며, 그 사이에서 발현되는 문학을 연구하고 있다. 「조선통신사와 류큐사절단의 筆談(對談)」(2014), 「필담창화집 『홍려필담(鴻臚筆談)』에 대하여 - 위작과 그 의의를 중심으로」(2016), 「아라이 하쿠세키(新井白石)에 대한 정보 유입과 담론의 변화」(2016), 「18세기 후반 오와리(尾張) 지역 일본인과 조선·류큐인의 필담창화」(2016), 「『사유구록(使琉球錄)』의 조선 간행과 16세기 조선의 관심」(2016), 「1710년대 조선통신사와 류큐사절단의 국서 사건」(2017) 등의 논문이 있으며, 허경진 교수와 공동연구로 「수신사를 통해 본 개화기 한시의 위상」(2011), 「조선인과 류큐인의 소통 양상」(2012) 등이 있다. 연세대학교 한문 강사로 있다.

조선후기 통신사
필담창화집 연구총서 8

동아시아 문예공화국

2018년 6월 20일 초판 1쇄 펴냄

지은이 다카하시 히로미(高橋博巳)
옮긴이 조영심
펴낸이 김흥국
펴낸곳 도서출판 보고사

등록 1990년 12월 13일 제6-0429호
주소 경기도 파주시 회동길 337-15 보고사 2층
전화 031-955-9797(대표), 02-922-5120~1(편집), 02-922-2246(영업)
팩스 02-922-6990
메일 kanapub3@naver.com / bogosabooks@naver.com
http://www.bogosabooks.co.kr

ISBN 979-11-5516-675-8   94810
      978-89-8433-900-2   세트
ⓒ 조영심, 2018

정가 16,000원